5
三木なずな
illustration. かぼちゃ
没落予定の貴族だけど、暇だったから魔法を極めてみた
I am a noble about to be ruined, but reached the summit of magic because I had a lot of free time.
TOブックス

人物紹介

-character profile-

ラードーン

世界を脅かした三大神竜の一頭。リアムの身体に宿り助言を与えている。長寿のため古風な一面がある。

リアム

ハミルトン伯爵家の五男。とある異世界から意識だけ転移してきた男。三度の飯より魔法が好きな生粋の魔法オタク。

アスナ

明るく快活な女冒険者。元々はリアムとパーティを組んでいた。

デュポーン

世界を脅かした三大神竜の一頭。魔法を自在に操るリアムに惚れ込み、居座っている。

ジョディ

お淑やかな女冒険者。
元々はリアムとパーティを組んでいた。

スカーレット

ジャミール王国の思慮深い王女。
先見の明に長けており、リアムに爵位を与えた。

クリス

お転婆な女人狼。聖地を守るためにリアムを攻撃したが、神竜を宿していると知り仲間となった。

レイナ

信心深い女エルフ。リアムに導かれたことがきっかけで、従者となった。

フローラ

パルタ公国の大公陛下の庶子。
リアムを陥れる罠として送り込まれたが、命を救われ仲間となる。

I am a noble about to be ruined, but reached the summit of magic because I had a lot of free time.

illustration. かぼちゃ
design. アフターグロウ
TOブックス

.162

朝起きた俺はベッドから這《は》い出て、着替えた後、朝ご飯を求めて食堂に向かった。

今日はどんな朝ご飯になるのか楽しみだった。

エルフメイド達の料理の腕が、日に日に上がっているからだ。

元々繊細《せんさい》な作業が得意なエルフ。

そのエルフ達が、ブルーノ経由で人間との交流をもって、さまざまな料理を仕入れた。

その料理の種類は多岐《たき》にわたる。

小料理屋の手作り感満載の温かみのある料理から、三日三晩にわたって豪華絢爛《ごうかけんらん》さを楽しむ事を主眼とした宮廷料理まで、ありとあらゆる種類のレシピが増えている。

だから、今日はどんなものが出てくるのか、それが楽しみだ。

「あっ、いたいた」

「ご主人様！」

曲がり角の向こうから、エルフメイドの一団が姿を見せた。

彼女達は俺を見つけるなり、パアァ、と顔をほころばせて、こっちに向かってきた。

そして、俺を取り囲む。

「どうした、何かあったのか？」

「ご主人様、お召し替えはまだですよね」

「え？　一応普段着に着替えてはいるけど」

「ダメですよ、ご主人様はもっとかっこいい格好をしてなきゃ」

「かっこいい格好？」

どんな格好なんだろう。

何となく自分の格好を見た。

普段の格好でも、俺の感覚では充分にかっこよく感じるんだけど。

何せ貴族の服だ。

それだけで充分に凛々《りり》しくて、かっこいい。

「これ、羽織ってみてくださいご主人様」

エルフメイドの一人が、「じゃーん！」、って感じでジャケットを取り出した。

赤と黒を基調にしたジャケットだ、ところどころアクセントに、金色の飾緒《しょくしょ》みたいなものをつけている。

「これ、作ったのか？」

何となくそう思って聞いてみると。

「はい！」

「ご主人様のために作りました」

「だから、ねっ！」

メイド達は更にせがんできた。

俺のためにに作ってくれたと言うのなら、断る理由もない。

俺はジャケットを受け取って、それに袖を通そうとしたが。

「あれ？」

袖が通らなかった。

通すところが縫《ぬ》い付けられていた。

「あっ、それは羽織るだけで大丈夫です」

「羽織るだけ？」

「はい！　こんな感じで」

エルフメイドが俺の代わりに、ジャケットを羽織らせてくれた。

ジャケットというよりは、マントという感じで羽織った。

袖は完全な飾りだ。

そんなジャケット風マントを身につけると。

「いやーん、かっこいい！」

「素敵です。ご主人様!!」

エルフメイド達が大いに盛り上がった。

自分達が作った物を、身につけた俺を見て身悶《みもだ》えしたり黄色い悲鳴を上げたりした。

中には声すら上げられずに、感極まっている子もいる。

い、いや、それはさすがに行きすぎじゃ？

それ以前に。

「これは一体？」

「こういうのが今かっこいいんです」

「そうなの？」

「はい！　ご主人様って王様じゃないですか」

「あー……うん、そうだね」

俺は少し考えて、曖昧《あいまい》に頷《うなず》いた。

正直今でもまだ「王」っていう自覚はあまりない。

ないけど、ここにいる魔物達を守るため、必要な時は俺が「王」として立たなきゃならないのは分かってる。

「今までの格好だとただの貴族だから。こっちの方が王様っぽくてかっこいいです」

「風格が段違いですよ」

「そういうものなのか」

俺は自分の格好を見た。

直で見たり、窓ガラスを鏡に見立てて全身を確認したり。

エルフメイド達ほどきゃーきゃーいうようなテンションじゃないけど、うん、まあかっこいいと

思う。

「こう、かな」

俺は自分の中にあるかっこよさを形にしてみた。

ジャケット風マントを羽織ったまま、腕組みした。

すると――ドサッ。

一人、エルフメイドが倒れた。

慌ててそのエルフメイドに駆け寄って、傍でしゃがみ込む。

「ど、どうしたの？」

「尊い……」

「へ？」

何がどうなっているのか分からないけど、どうやら体調不良とかじゃないみたいだ。

エルフメイドはゆっくりと立ち上がった。

俺も立った。

他のメイド達を見ると、ほぼ全員がうっとりしている。

うーん。

「とりあえずありがとう。これはつけさせてもらうよ」

「ありがとうございます！」

「また、作ってきますね！」

「うん」

そうして、エルフメイド達は大喜びで立ち去っていった。

『ふふ、モテモテではないか』

「あまりからかわないでくれ」

『からかってなどおらぬ』

「え？」

『人間は色々複雑にし過ぎる。雄はな、力強くあればそれだけで良いのだ。そしてさっきのお前は、まさしく力強い格好をして見せた』

「あー、なるほど」

ラードーンの言いたい事は分かる。

動物とかまさにそうだもんな。

とにかく強く振る舞う、強い雄として。

人間が色々複雑にしたというのは、反論したくはあるけど、事実でもあると思った。

『その点お前は良い、見栄えも良いし、魔力も間違いなく人間の中では最強クラスだ』

「そうなのか？」

『魔法だけで言えば五指には入るだろうさ』

「おー……」

それは……嬉しかった。

かっこいいと言われるのも嬉しいけど、魔力が高いと言われるのは何よりも嬉しく思った。

憧れの魔法、それが認められた事は何よりも嬉しい事だった。

.163

「ご主人様」

ラードーンに褒《ほ》められて嬉しがっていると、今度はレイナがやってきた。

エルフの長、レイナ。

屋敷にいると他のエルフ達とは違って、彼女はメイドの格好をしていない。

そんなレイナがやってきて、落ち着いた感じで腰を折って一礼した。

「どうしたレイナ」

「お客様がお見えです」

「客？　誰？」

「ご主人様のお父様です」

「父上が？」

それにはちょっと驚いた。

父上、ハミルトン家の当主。

正真正銘のジャミールの貴族。

そんな父上がやってくるなんて思ってなかった。

そして、俺はちょっと身構え、警戒した。

ちょっと前に、アルブレビトがやってきて、その時に少しやらかした。

あまりにもアルブレビトがアレだったから、灸《きゅう》を据《す》えるって感じでやったんだが、あの後のガイとクリスの件は完全にやり過ぎだ。

それをとがめに来たのか？　と身構えてしまった。

「いかが致しましょう」

穏やかなまま、聞いてくるレイナ。

ガイとクリスもそうだが、レイナも俺がちゃんと指示を出さなきゃなと思う事がよくある。

ガイとクリスは「まっすぐいってドーンとやる」タイプだが、レイナは「静かにネチネチネチネチネチネチ（以下無限ループ）」するタイプだ。

下手するとガイとクリスよりも怖い。

今の「いかが致しましょう」も、俺には「排除しましょうか」に聞こえてしまった。

「分かった、迎賓館《げいひんかん》に通して丁重にもてなして。後から行く」

「分かりました」

レイナはもう一度しずしずと腰を折って、それから立ち去った。

ガイとクリスと違うのは、レイナはちゃんと指示をすればほとんど暴走する事はないという所だ。

そういう意味では、安心して任せていられる。
俺はその場に立ち止まって、考えた。
父上を門前払いにする事はあり得ない。
だからレイナには、とりあえず迎賓館に通してもらうように言った。
そこまではいい、大抵の場合そこまでは一緒だ。
問題は……父上が何をしにきたのかって事だ。
「考えてても……しょうがないか」
俺はふう、とため息を吐いた。
下手な考え休むに似たり、というしな。
魔法以外の事で、俺があれこれ考え込んでもしょうがない事だ。
これはラードーンのお墨付きだ。
だったらあれこれここで考えてないで、会ってみて、話を聞いてから考えよう。

☆

屋敷を出て、迎賓館にやってきた俺。
こっちに常駐しているエルフメイドに案内されて、父上のいる部屋に入った。
屋敷の応接間を更に立派にした部屋の中で座っている父上。
俺が部屋に入ると、ドアが開く音に反応してこっちを向いた。

「お久しぶりです、父上」

「リアム……か?」

「え?」

父上は俺を見て戸惑った。

そんな父上の反応に、むしろ俺も戸惑った。

なんだ、今のは?

なんで俺を見てそんな反応をしたんだ?

「えっと、はい。リアムです、父上」

「あ、ああ。そうだな、リアムだな」

「???」

俺を更に見つめながら、歯切れ悪く頷く父上。

本当に、一体何がどう見えたんだ?

そんな疑問を抱きつつ、俺は父上の向かいに座った。

迎賓、の文字に相応しく、ブルーノに取り寄せてもらった最高級のソファーで、父上と向き合って座る。

座ると、まずはエルフメイドが入ってきた。

コーヒーとか紅茶とか、茶菓子とか。

そういうのを運んできて、父上と俺に振る舞う。

それを一通りやってくれた後。

「ご苦労」

俺はそう言って、エルフメイドの労をねぎらった。

エルフメイドはにこりと、一礼して部屋から出て行った。

屋敷のメイドとは違って、迎賓館メイドはレイナの選抜で、落ち着いた子にやってもらってる。

「迎賓」だしな、キャピキャピして落ち着かない子とかで失礼があったらまずい。

――と、思ったのだが。

「きゃー、ご主人様にご苦労って言われちゃった！」

「いいなー、羨《うらや》ましいなー」

ドアが閉まる寸前にこらえきれずにキャピキャピし出した。

丸聞こえだった。

ちょっと後で、レイナにいって叱ってもらおう。

さすがに、迎賓館のメイドでそれは良くない。

「すみません父上、メイドの教育が行き届いていなくて」

「あ、ああ。そうだな。まあ、若い使用人などそんなものだ」

上の空って感じで、父上はそう言った。

まったくメイド達の失礼を気にしてはいない反応だが、それが反って、さっきから抱いていた疑問を大きくさせる事になった。

俺を見ての、父上の反応。

本当に、一体どういう事なんだろうか。

「それよりも父上、今日はなんのご用でしょうか」

「ああ、それはな……」

「もしかして兄上の件ですか？」

「アルブレビト？」

父上は小首を傾げた。

とぼけたり演技したりとか、そういうのじゃない。

本当に不思議がってる感じの反応だ。

違うのか。

アルブレビトの件が一番可能性が高いと思ってたから、拍子抜けだった。

念のために確認してみる。

「先日兄上がきましたが、それとは関係がないのですか？」

「いや、知らないな。また何かしでかしたのかあいつは」

「いえ、なんでもないですよ」

そういう事なら何も言わないでおこうと思った。

あまり広げても仕方のない話だから。

というか、父上がさらりと「また」って言った。

何となく苦労が忍ばれる思いだ。

「では？」

そう言って、父上を見つめる。

話を促す。

アルブレビトの話じゃないのなら、向こうから話してくれないと何も分からない。

「う、うむ。そうだな」

父上は歯切れ悪く、目が泳ぎっぱなしだ。

「……」

「……」

沈黙が流れる。

その間も父上は言いかけては口を閉ざしたり、紅茶で喉《のど》を潤《うるお》して勢いをつけたりと、色々やっていた。

それを見て、ふと。

俺はピーンときた。

ああ、それか……って感じだ。

「功績の件ですか」

「――！」

父上は盛大に驚いた。

軽くのけぞってしまうほど驚いた。

やっぱりそうか。

分かってみると、ああこれしかないよな、って感じの話だった。

功績。

ジャミール王国の貴族は、基本三代限りだ。

最初に功績を立てて、貴族に叙勲《じょくん》されたのを初代と数えて、三代目までは貴族号を継ぐ事が出来る。

しかし、四代目からは貴族号を返上して、それ以降は平民となる。

それを避けるには、四代目が家を継ぐ前に、更に功績を立てる事だ。

功績を立てて国に認めてもらえば、リセットして更に三代継ぐ事が出来る。

そして、父上はその三代目だ。

父上は貴族だが、貴族はある程度の年になると、隠居して家督《かとく》を譲るのが一般的らしい。

しかし父上は三代目、何もしなかったら、家督を譲った途端に四代目になって、貴族じゃなくなってしまう。

四代目なんて自分が死んだ後の事だからしーらない、ってわけにはいかないのだ。

だから、父上は「功績」をあげる事に躍起《やっき》になっている。

「……はあ」

父上はでかいため息を吐いた。

「やはりお前には分かってしまうか。うむ、そうだ、その事だ」

「まだ功績を挙げられていなかったのですね」

「……その通りだ」

父上は苦虫を噛みつぶしたような感じで頷いた。

『我の討伐に失敗したのが堪えられなかったのだろうな』

不意に、ラードーンが俺に話しかけてきた。

そうか、父上が功績として狙っていたのが、当時魔竜とされていたラードーンの討伐だったな。

そしてそれに失敗した。

『雄は失敗すると必要以上に萎縮《いしゅく》する者がいる。この男がまさにそうだ』

ラードーンの言葉を聞いて、父上を見た。

何となく分かる。

失敗した後は、必要以上に失敗を怖がる人間は確かにいる。

思えば、ラードーンの件で失敗した後、父上がとった方法がまさにそれだったな。

俺は少し考えて、父上に聞く。

「分かりました、父上。俺は何をしてあげれば、ジャミール王国にアピールできる功績になりますか」

「――――っ！」

息を呑んで、瞠目《どうもく》する父上。

その顔はまるで「なんでそれを」と言ってるような顔だ。

必要以上に驚き過ぎている顔だ。

「父上？」

「お前……本当にリアムか？」

「え？」

またまた、戸惑ってしまう俺。

さっきも似たような事を言ってたな、いや、今日会ってからずっとそれだ。

父上は……俺がどう見えてるんだ？

「い、いや。すまない、忘れてくれ」

『ふふっ』

うん？

ラードーンは笑った。

楽しげな笑い声が頭の中にこだました。

俺は少し待った、笑い声の後の、ラードーンの言葉を。

……。

………。

…………。

来なかった。

待ってもラードーンは何も言って来なかった。

笑うだけ笑って、何も言わないのは珍しいな。

上機嫌なのは伝わってくるから別にいいんだけど、こっちはこっちでなんなんだ?

「そ、それでな」

父上が動揺したままの感じで切り出してきた。

おっと、こっちの事を忘れてた。

「リアムのいう通りだ。何か頼めないだろうか。その……ブルーノのように」

「……あー」

俺は静かに頷いた。

ブルーノには今、この国との商売のほぼ全てを、独占権のような形で与えている。

魔晶石・ブラッドソウルを始め、この国は色々と金になる物がある。

それをブルーノが独占した形で、貴族延長に値する功績になったと本人から聞かされた。

俺は頷き、立ち上がった。

「分かった。一晩くれ父上。何かいい方法を考えてみる」

「あ、ああ。助かる」

「今夜は泊まっていってくれ。また明日」

そう言って、俺は部屋を出た。

外で待機しているエルフメイドに手招きして呼び寄せる。

「父上の宿を用意してやってくれ」

「分かりました」

そうして、俺は迎賓館から立ち去った。

外に出るなり、ラードーンに話しかけた。

「ラードーン」

「さっきの笑い、あれはなんだったんだ？」

『ふふっ、風格が出てきたと思ってな』

「風格？」

『鏡を見ろ』

ラードーンにそう言われたが、近くに鏡はなかったから、建物の窓ガラスを鏡に見立てて自分を見た。

そこには、代わり映えのしない自分の姿が映っている。

「何かあるのか？」

『王者の風格が出てきただろう？』

「王者の風格？　……ああ、このマントのおかげか」

俺は頷いた。

王様っぽくなる――って言われて屋敷のエルフメイド達につけさせてもらったマント。

これで王者の風格というのが出てきたのか。

『ふふっ、おまえはそれで良い』

しかし、ラードーンは笑う。

まるで俺が何か見当違いの事を言ってるかのように。

「えっと……」

どういう事なんだろう。

.164

父上を一旦待たせて、俺はスカーレットの家に来て、彼女の意見を聞いた。

ジャミール王国の事は、王女の彼女の方がよく知っていると思ったからだ。

スカーレットは少しだけ考えた後、答えた。

「もっとも簡単な方法は、主が妹の事を妃に推挙する事だ」

「俺が妹を妃に？」

「はい、それが現状もっとも簡単で、もっともすんなり受け入れられる方法です」

「……それがあったか」

俺ははっとした。

目から鱗《うろこ》が落ちた。

「主のご実家の事は少し調べている。お父上がそれを望んでいるが、まだそうはなっていない事を知っている」

「なってなかったんだな」

思えば、俺がリアムになったのは、妹が生まれたパーティーが最初だったな。

妹——つまり娘が生まれて、王国で立てられる一番簡単な功績の、国王の妃にするという可能性が出来たためのパーティーだ。

あのパーティーで、俺はリアムになった。

それから大分経つ、経つが——妹はまだまだ赤ん坊のままだ。

そりゃ……まだだろうな。

「今の主なら、推薦をすればすぐに受け入れられるだろう」

「そうなのか？」

俺はちょっと驚いた。

スカーレットの口ぶりに迷いは一切なくて、かといって過度に力説しているわけでもない。

淡々と、ただ事実を述べている、という感じの口調だ。

「はい。ジャミール王国と致しましても、主との関係を今よりも更に良くしておきたいと思っている。元からそうで、ここ最近ますますそう感じるようになっただろう」

「ますますって、どうして？」

「デュポーン」

スカーレットはシンプルに、その名前だけを口にした。

「デュポーン？」

「ラードーンと同じ、三竜戦争の主役の一頭《ひとり》。そのデュポーンが主に心酔している。その事はまだ庶民には伝わっていないが、各国の首脳達は間違いなく掴んでいる」

「そうなんだ」

それはなんか……恥ずかしいな。

「そうなると、三竜戦争の三竜のうち、二頭《ふたり》までもが主に好意的だ。その戦力は、最大まで評価した場合合国が滅びるもの」

「最大まで……」

ラードーンとデュポーンが力を合わせて、全力で敵に回ったら、って意味か。

うん、それは……国が滅びかねないな。

「そうなると、主とますます友好を結んだ方が得だし安全だ、と普通は考える」

「なるほど」

「従って、今の主が『妹を妃に推薦したい』という話は百二十パーセント通るかと」

「そっか」

納得だし、スカーレットが言うのなら間違いないだろう。

「なるほど、分かった。それをすればいいんだな」

「はい。ただし形としては、主のお父上が望んで、主が推薦状をつける、という形に留めておくべきかと」

「ああ、そりゃそうだな」

俺は深く頷いた。

当然の話だ。

父上の功績にするんだ、俺がメインに動いたんじゃ意味がない。

あくまで父上が申し込んで、父上が俺を動かした、という形にしなきゃいけない。

「それと、もう一つ。もしも可能であるのなら」

「なんだ?」

「デュポーンを使者に使うと、より効果的だと思う」

「デュポーンを?」

「デュポーンが主にぞっこんで、伝説の竜なのに使いっ走りさえもやってしまう。というアピールになる」

「そっか……」

それはどうなるか分からないけど。

「分かった、頼むだけ頼んでみる」

俺はそう言い、スカーレットにお礼を言って、彼女の家から立ち去った。

☆

迎賓館に戻ってきて、再び父上と向き合う。

スカーレットに出してもらったアイデアをそのまま父上に伝えた。

「という事なのだけど、どうかな父上」

「もちろん！」

言い終えるや否や、父上はものすごい勢いで食いついてきた。

「この上ない、ありがたい話だ」

「そうなんだ。それだけでいいのかって思わない事もないいんだけど」

「そんな事はない。……私はな、リアム」

「え？」

テンションがいきなり下がって、自嘲気味に語り始める父上。

「人には、分相応というものがあると考えている。かつての私は身の丈に合わない、邪竜討伐をやろうとして、失敗した。身の丈以上の事を望んだからだ」

「父上……」

「今の話が私にとって丁度いい所だろう。それに――なぁに」

一転、今度はふっ、と朗《ほが》らかに笑った。

「どんな功績であろうと三代延長だ。ならばあえて危険な橋を渡る事もない」

「そうか」

そういう考えもあるのか。

俺は頷いた。

スカーレットから話を聞いた時、別の案が頭に浮かんだ。

妹を、俺の妻にするというパターンだ。

スカーレットが今俺の下にいるのと同じように、ハミルトン家から魔物の国の王の妻を出す。

それは政略結婚として、ジャミールとの結びつきを強くする。

ハミルトン家の功績になるのは間違いないはずだ。

ただ、その発想は俺が「転生した人間」で、ハミルトン家の者とは血が繋がっている感覚がないから出てくるもの。

王族同士ならともかく、貴族レベルで妹と結婚する事はない。

「だから……改めて頼めるか、リアム」

「分かった。それじゃデュポーンを使者としていかせるよ」

「……デュポーン？　……それって！」

数秒、首を傾げてから、ハッと気づく父上。

「邪竜――ああいや、もう一頭の方の神竜か⁉」

父上は慌てて言い直した。

向こうの知識や常識では邪竜扱いだけど、デュポーンは今や俺の味方だから、そういう言い方をしちゃいけないんだと思い出して、慌てて変えた感じだ。

そういう言い間違いもあるんだろう、と、俺は特に気にしないで話を先に進める事にした。

「ああ」

「そ、そんな事が出来るのか？」

「たぶんな、今から聞いてみるつもりだ」

「ああ……」

父上は見るからに落胆《らくたん》した。

もう話がついてるんじゃないのか、って顔だ。

「デュポーン、どっかにいるか？」

俺は天井に向かって、「遠くに向かって」話しかける感じでデュポーンの名前を呼んだ。

数秒ほどして、ごごごごご——って地鳴りのような音がした。

直後——ドーン！！！

迎賓館の壁が内側に向かって爆発して、砂煙を巻き起こした。

「げほっ、げほっ……な、なんだ？」

驚き戸惑う父上、俺は対照的に落ち着いていた。

これをやったのが誰なのかすぐに察しがついたからだ。

「呼んだ？」

デュポーンだった。

まだあどけない顔をしている彼女は、咳き込む父上など意に介さず、俺の所に向かってくる。

「デュポーン。ちょっとお願いしたい事があるんだけど、いいかな」

「で、デュポーン？　この少女が？」

父上が更に驚愕した。

するとデュポーンがじろり、と父上をにらんだ。

「何、こいつ」

「手を出さないでくれ、その人、俺の父上だから」

「なに⁉」

ぎろりと敵意を乗せた視線が、一瞬にして反転した。

「これは……好意？　なんで？」

「お父様なんだ！」

「ええええええ⁉　お、お父様⁉」

父上は驚愕した。

「なんだ？　そのお父様ってのは」

「だってあんたの父親なんでしょ？　だったらお父様って呼ばなきゃ。この場合人間はそう呼んでるんだって教えてもらったけど」

「あぁ……そういう事か」

俺はとりあえず納得した。

デュポーンは、俺に子作りを迫っている。

それで俺の父親をお父様と呼んでる。

話は分かった。

納得はしてないけど、とりあえずは分かった。

「そんな事よりもデュポーン、一つお願いしたい事があるんだ」

「何々？　なんでも言って。一緒に卵温めるとかでもいいよ」

「いやそうじゃなくて」

なんで卵を？　と思ったが、それを軽くスルーして、デュポーンに説明した。

デュポーンにジャミールの国王の所まで行ってもらって、俺が妹を国王の妃に推薦するっていう連絡の使者になってほしい事。

要するに伝言係だ。

スカーレットにされたアドバイスで、デュポーンに頼んだ。

これって使いっ走りだよなあ、怒るかもなあ、と思ったのだが。

「え？　そんな事でいいの」

そんな事はまったくなかった。

デュポーンは、むしろきょとんとした様子で言った。

「やってくれるの？」

「オッケー、そんな事くらい全然やるよ」

「そっか、ありがとう」

「そ・の・か・わ・り」

デュポーンは俺に近づき、竜なのに猫なで声で上目遣いを向けてくる。

「キス」

「え？」

「キスをしてくれたら行ってきてあげる」

「えっと……うん、分かった」

「キス一回で……」

横で見ていた父上は絶句した。

三竜戦争の主役の一頭《ひとり》が、ただの恋する乙女のように俺におねだりしている姿は想像を絶するものだったらしい。

特に、かつてもう一頭《ひとり》の方、ラードーンにこっぴどくやられた身としては、ますますそうなるんだろう。

「……」

俺は少し考えて、デュポーンのほっぺにキスをした。

「だ、だめか？」

「……えへへ」

予想に反して、デュポーンは嬉しがった。

これでいいのか。

『我らにとって、口づけの場所に然程の意味はない。子作りの交尾以外ほとんど同じだ』

ラードーンが心の中で解説をしてくれた。なるほど。

「じゃあ、これ」

デュポーンが喜んでいるから、俺は彼女に向かって、手紙を差し出した。

スカーレットから話を聞いて、それで用意したものだ。

デュポーンはそれを受け取って。

「これを誰に渡してくればいいの？」

「ジャミールの――」

言いかけて、父上の方を向いた。

「こ、国王陛下か、宰相閣下に」

父上は言った。

「だって。いけるか？」

「人間の王に渡せばいいんだよね。楽勝楽勝。じゃあ、行ってくる」

デュポーンは、入った時にぶち壊した壁から外に飛び出した。

それを見送った後、父上の方を向く。

父上は飛び出したデュポーンの後ろ姿を見て、ポカーンとしていた。

「父上？」

「え？　あ、ああ」

「これでたぶん大丈夫だ。父上はもどって輿《こし》入れの準備をすればいい」

「そ、そうだな」

父上は頷き、それから何故か俺をじっと見つめた。

「どうしたんですか父上」

俺は不思議がって聞いた。

昨日からちょくちょく、そんな感じの目で俺を見つめてくるけど、なんなんだそれは。

「リアム……お前」

「うん」

「ずいぶんと、王がましくなったな」

「王がましい？」

なんだそれは。

「もともとの資質か、立場がそれを作ったのか。いや」

父上は言いかけて、自分の言葉を否定するかのように静かに首を振った。

「立場でどうにかなるのなら、アルブレビトもとうに……な」

そうつぶやいて、父上は深いため息をついた。

そして、改めて俺と向き合う。

居住まいを正して、腰を九十度に折って頭を下げた。

「父上？」

「寛大なお心に感謝する。リアム……陛下」

と言ってきたのだった。

.165

ある日の昼下がり、俺は町中をぶらついていた。

特に目的がなくて、適当にぶらぶらしていたら、ノーブル・バンパイアの男に声をかけられた。

「リアム様、これを食べてみてください！」

そう言って差し出してきたのは、まるで真珠のような小さな塊《かたまり》だった。

小皿にその小さな塊がいくつもあって、全部が違う形をしている。

食べてみてくださいって言われたから、俺はそれを一つ摘まんで、口の中に入れる。

「どれどれ……甘いな。何のお菓子なんだ」

「名前はないよ。リアム様の魔晶石をヒントに作ってみたんだ。砂糖水をかけて乾かして、乾かした上から更に砂糖水をかけて、更に乾かして――のくり返し」

「なるほど」

俺はそれをもう一粒受け取って、まじまじと見つめた。

説明通りなら、確かに魔晶石と作り方が似ている。

たぶん火を使わないからか、変な雑味もなくて純粋に甘くて美味しい。

「うん、美味しい。ありがとうな」

「!!　あの！　これ、リアム糖って名前をつけてもいいですか？」

「俺は何もしてないけど、いいのか？」

「はい！」

「分かった。全然いいぞ」

「ありがとうございます！」

ノーブル・バンパイアはものすごく嬉しそうな顔をした。

そのリアム糖を一包みもらって、ポケットの中に入れて再び歩き出す。

「リアム様！　この服を着てみて」

「リアム様！　うちの酒も飲んでみてくださいよ」

「りあむさまりあむさま、いっしょにあそぼ？」

歩いてると、次々と声をかけられた。

街の魔物達は親しげに話しかけてきて、散歩のつもりがちっとも先に進まない位だ。

ここ最近、魔物達が少しだけ変わってきた。

街が発展して、「ガワ」が出来ていくにつれて、魔物達が色々と作れるようになった。

さっきのお菓子にしてもそう。

俺の頭じゃ到底思いもつかないような発想から新しい物を生みだすようになった。

そのおかげで、街が急速に発展していってる。

だから、俺はますます見て回りたくなった。

俺の知らない発想から、新しい魔法の発想になるものはないかと、そう思って見て回った。

『ふふ、とことん魔法が好きなのだな』

「ああ、魔法は好きだ」

『あれと比べてどっちがより好きなのだ』

「あれ?」

「ダーリン!」

ドン! と横合いから衝撃が来た。

とっさに踏みとどまる。何者かに抱きつかれた。

見ると、それはデュポーンだった。

デュポーンは俺に抱きつき、スリスリしてきた。

「んふふー、ダーリンの匂いだ」

「えっと、人前でそれは恥ずかしいんだけど」

「えー、いいじゃん。この前ダーリンのお願いを聞いてあげたんだし、これくらいは」

「そ、そうだな」

それを言われると強く出る事は出来なくなった。

デュポーンの好きなようにさせてやった。

まわりを見る、当たり前のように注目を集めていた。

注目は集めているが。

「いいなあ、あたしもリアム様に抱きつきたい」

「あれが終わったらね。今いったら邪魔だってデュポーンにぶっ飛ばされるよ」

「それもそっか」

俺が思っているまわりの反応とちょっと違っていた。

違ったが、それはそれで恥ずかしかった。

恥ずかしいから、何かやめさせる口実はないのかと思って、まわりを見回した。

それに気づいたデュポーンは、俺に抱きついたまま聞いてきた。

「どうしたのダーリン」

「いや……何か食べる物ないかなって」

と、とっさに適当な言いわけを口にしてみた。

「お腹空いてるの？」

「空いてるというか、珍しいものを食べてみたいっていうか」

ポケットの中のリアム糖を思い出した。

「珍しいものかぁ――分かった、ちょっと待ってて」

「え？」

どういう意味だ？　と聞き返す暇《ひま》もなく、デュポーンは俺から離れて、ものすごい猛スピードでどこかに飛び去っていった。

「いっちゃった……なんなんだろう」

『珍しい食材を調達してくるのだろう』

「そっか……どういうものを持ってくるのかな。ラードーン分かる？」

『さあな。人間の尺度に当てはめれば、我らの知っているものは九割以上が珍しい食材になる』

「そんなに⁉　それじゃ特定は無理か……」

まあいっか、と思った。

ポケットの中にあるリアム糖を一粒取り出して、口の中に放り込んだ。

何を持ってこられるのか心配だが、ラードーンが俺の中にいるんだ。

食べたらダメなものだったらラードーンが警告してくれるだろうから、必要以上に心配する事もないだろう。

それよりもデュポーンが戻ってくるまでに、もうちょっと色々と見て回ろうと思った——その時。

「おうどけどけ！」

さまざまな魔物達を押しのけて、一体の魔物が現われた。

見覚えのない魔物だ。

二本足で立って両腕もあるという人間型だが、頭はトカゲのような感じで、尻から太いしっぽが垂れている。

そいつは我が物顔で、まわりの魔物が遠巻きにしている中、大股《おおまた》で歩いてこっちに向かってきた。

「おっ、いたか人間。おい、お前がリアムって小僧か？」

「リアム、様、でござる」

俺が答えるよりも早く、横から別の声が指摘込みで応じた。

振り向くと、ギガースのガイが眉を逆立ててこっちに向かってきて、侵入者らしき魔物とむきあった。

「へえ、お前強そうじゃねえか。まあでも、俺様ほどじゃないが」

「そうでござるか」

ガイは冷ややかに答えた。

俺の事を呼び捨てにされた事はブチ切れそうな位怒っていたが、自分の事はなんとも思ってないって感じだった。

「それより、お前は何者？」

「ははっ、本来ならお前のような人間のガキに名乗る名前はないんだがな」

そいつははっきりと余計な一言を放った。

それでガイは更に切れかかったが、その反応を予想していた俺はガイを掴んで、首を振って止めた。

人間は人間で攻撃したら問題になるが、魔物は魔物で、この国が魔物の国だって事を考えたら即ケンカってわけにもいかない。

まずは話を最後まで聞く、俺はそう思った。

「まあいい、耳の穴をかっぽじてよーく聞け。俺様の名前は白銀の迅雷《じんらい》。ヴリトラ族一の戦士だ」

「しろがねの……じんらい？」

『二つ名の類《たぐい》だろう』

「それを自分で名乗るんだ……」

『そういう性格なんだろう』

「ああ、なんかそれは納得」

言葉通り、俺は納得した。

そいつ――白銀の迅雷って心の中であろうと、呼ぶとムズムズするから、種族名？　のヴリトラで呼ぶ事にした。

ヴリトラは名乗った後、腰に手を当ててものすごいどや顔をしていた。

そういう性格って言われたら、うん「そういう」性格だなあ、と納得した。

『そしてお前は知らないだろうが』

「え？」

『ガイとクリスも自ら名乗っているぞ、二つ名』

「そうなのか……」

それは知らなかった。

うん、ガイとクリスなら、そっちも納得だ。

そう思うと、ヴリトラの態度も愛嬌《あいきょう》があるように感じられた。

「そのヴリカスとやらがなんのようでござるか」

ガイはそんな事まったく思っていないようで、普通に煽《あお》りながら聞き返した。

「ヴリトラ、だ！　ふっ、まあいい。そこの人間。お前がこの街を作ったってのは本当なのか？」

「え？　ああ、うん」

「よくやった、褒めてやる」

「――っ！」

またまた切れかかって、飛びかかりそうになるガイ。

これも先に腕を掴まえて止めた。

「褒めてくれてどうも。で？」

「おう、ここはもらってやるから、ありがたく思うがいい」

「……なんの話をしてるんだ？」

「耳が悪いのか？　まあ、人間の貧弱な耳じゃその程度だろうな」

「えっと……」

「ここをもらってやるって言ったんだ」

「それって……俺を追い出して、って意味で？」

「おう、聞く所によると人間が魔物の王になってるが、そんなふざけた話はねえだろ」

「うーん、まあ、そういう見方もあるか」

そういう発想があるのは分かる、事情を知らなきゃそう思う人も多いだろう。

「だからここをもらってやるよ。安心しろ、ここはあの方に献上する」

「あの方？」

「おう！　魔物の王に相応しいお方だ」

「そうか」

なるほどそう来たか。

つまりは降伏勧告みたいなものだ。

話は大体分かった。

分かったけど、そうこられてもなあ……。

「主」

「うん？」

「そろそろ拙者の腕を離してくれぬか。身の程知らずには体で分からせてやる必要があるでござる」

「……そうだな」

俺は頷き、ガイから手を離した。

ガイは一歩踏み出して、ヴリトラと向き合った。

「ガイ」

「なんでござるか」

「殺すのはダメだぞ、ちゃんと手加減しろ」

『お前なら出来るだろ？　と付け加えておけ』

「お前なら出来るだろ？」

俺はラードーンのアドバイス通りに言った。

すると、マジギレ顔だったガイが一瞬嬉しそうな顔をして。

「心得た」

と言った。

上手いなラードーンは。

一言最後に付け加えただけで、ガイの殺る気が大分削がれた。

俺は準備をといた。

ガイが切れて殺してしまった時のために、タイムシフトでいつでもやり直して助けられるようにスタンバっていたけど、この状況なら必要なさそうだ。

「なんだ？　俺様とやる気か？」

「うむ、身の程知らずのヴリカスには体で分からせてやるでござる」

「はは、分かる、分かるぞ、お前のようなデカブツの弱点は」

「何？」

「見ろ、これが俺様の――」

ヴリトラはそう言って、一瞬で八人に分身した。

分身して、指先を揃えた手刀をガイに向かって突き出した。

「「「疾風の連撃だ！」」」

微妙に合唱のように聞こえる声を上げながら、ガイに襲いかかるヴリトラ。

そんなヴリトラを、ガイはがっしと腕を掴んだ。

「なっ――！」

「この程度、イノシシ女よりも遙《はる》かに遅いでござる」

ガイはそう言って、腕を掴んだまま、武器のこん棒をフルスイングした。

掴んだまま顔にフルスイング――ヴリトラは縦にものすごく回転して、地面に顔から突っ込んだ。

直後、歓声があがる。

まわりを取り囲んで成り行きを見守っていた街の魔物達が、ガイの勝利に歓声をあげた。

「殺してないよな」

「命令通りちゃんと手加減はしているでござるよ」

ガイはそう言って、ヴリトラを指さす。

ヴリトラは顔から地面に突っ込んで、腰のあたりを「く」の形で地面に突っ伏している間抜けな格好だが、ピクンピクンとけいれんを起こしている。

とりあえず生きているのは確かなようだ。

☆

「はっ！　こ、ここは――」

しばらくして、ヴリトラは気が付いた。

パッと起き上がって、まわりを見る。

ガイに子供扱いされてワンパンで沈められた事もあって、もはや脅威とも認識されなくなったヴリトラ。

それもあって、野次馬がさっきの三分の一くらいに減っていた。

「気がついたか？」

「お前――」

「結構頑丈なんだなお前。回復魔法をかけようと思ったらそんな必要もなかったよ」

「さ、さっきの男はどこだ」

「ガイの事か？」

「ああ！　そいつの居場所を教えろ」

「リベンジでもするのか？」

「違う！　あれほどの実力者だ、あの方に推薦して取り立ててもらう」

「ふむ」

圧倒的な力にねじ伏せられたヴリトラは恨んでない所か、むしろみとめて、好意的にすら思っているようだ。

何というか、やっぱり憎めない性格のようだ。

「というか、お前のいう『あの方』って誰だ？」

「それは――」

ドン！

「ただいまー。お待たせダーリン」

ヴリトラが答えかけた所で、空からデュポーンが戻ってきて、問答無用で俺に抱きついてきた。

なんというタイミングの悪さ。

「ちょっと離れてくれ」

「えー？　どうして」

「いま真面目な話をしてる所だったんだ」

「そんなのいいじゃない。それよりもダーリン、これ食べてみて」

こっちの話を聞かずに、持ってきたリンゴのような果物を俺の口に押しつけてこようとするデュポーン。

そんなデュポーンを見て。

「で、デュポーン様？」

ヴリトラは名前を呼んで、驚愕した。

「ん？　あんた誰？」

「えええええ？」

ヴリトラは「ガーン！」って感じの顔をした。

デュポーンに「誰？」って言われて、この世の終わりかってくらい絶望した表情をうかべた。

「お、おわすれですか、白銀の迅雷です」

「しらない、誰それ」

「……」

ますます「ガーン！」と絶望するヴリトラ。

えっと……これってもしかして。

あのお方って、デュポーンの事だったのか？

.166

ヴリトラは見ていてかわいそうになるくらい落ち込んだ。

さすがにちょっと可愛そう過ぎて、見かねた俺はちょっと取りなす事にした。

まずはデュポーンの方を向いて、聞いてみた。

「本当に覚えてないのか？」

「うーん」

ヴリトラにせがまれても興味なしと一蹴したデュポーンだったが、俺に聞かれると首を傾げてそれなりに真剣に考えてくれた。

「うーん」

「……」

「うーん、どうだったかな」

「……」

「うーん、うーん」

「分かったもういい」

俺はデュポーンを止めた。

ちらっとヴリトラを見ると——さっきよりも更に落ち込んでしまっていた。

善かれと思って聞いてみたが、逆効果になった。

俺の質問に答えようと真剣にうんうん唸《うな》るデュポーン。

それを一分近くやってもまったくとっかかりすら出てこない状況はヴリトラに絶望を突きつけて、とどめを刺すような形になってしまった。

「ラードーンは知らないのか？」

方向性を変えて、ラードーンに聞いてみる事にした。

ラードーンとデュポーンは同じ時、同じ世界に生きてきたもの同士。

デュポーンは性格的にあっていても覚えてないと言われると、まあ納得で、逆にラードーンは相手側の人間でも知っていて覚えてる可能性がある。

そう思って聞いてみると——。

『うむ、一言で言えばやつの信奉者だ』

——ビンゴ。

ラードーンは覚えていた。

「信奉者」

『そうだ。といっても一方的につきまとって、「俺が一番デュポーン様の役に立てるんだ」と主張しては、あれこれと空回っていたな』

「ああ……」

まだ呆然としているヴリトラを見た。

納得だ。

今もまさにそうで、一方的にやってきて、色々とやってみたがそもそものデュポーンに覚えられていないという盛大な空回りを見せていた。

そう思うと同情を禁じ得ない。

「てめえが……」

「え？」

ショックから立ち直ったのか？　と思ったら、ヴリトラはゆらり――と俺の方を向いて、怖い目で俺を睨みつけてきた。

「てめえが……デュポーン様をたぶらかしたのか」

「いや――」

「うおおお！」

ヴリトラは絶叫しながら俺に飛びかかってきた。

直後――ヴリトラがビームで消滅した!!

「――タイムシフト!!」

俺はとっさに魔法を使った。

時間を巻き戻せる魔法、タイムシフト。

それで限界ギリギリまで巻き戻した。

すると、直前にビームで消滅したヴリトラの姿が戻った。

「てめえが……デュポーン――」

俺はとっさにデュポーンの手を引いた。

時間を巻き戻す前、デュポーンは俺に襲いかかるヴリトラを一瞬で消滅させた。

反応すら出来なかった問答無用の一撃で地上から消し去った。

理由はたぶん、ヴリトラが俺に「無礼な事をした」から。

このままだとまたヴリトラが消し飛ばされる。

止めないと。

止めないと――だけど、タイムシフトでほとんど魔力を使い切った。

時間を巻き戻して、なおかつ対処できるように時間の余裕を持たせたけど、その分魔力の余裕がゼロになった。

今の魔力だと、デュポーンはおろかヴリトラさえも止められない。

どうしよう――、

「――っ」

俺はとっさに、デュポーンを抱き寄せた。

手を引いた勢いそのままで、腕の中に引き込んで抱き寄せた。

「……ダーリン♪」

デュポーンは一瞬びっくりしたが、すぐに上機嫌になって、向こうから逆に強く抱きしめてきた。

俺に抱き寄せられたのが効いて、ヴリトラなんてまったく意識からすっ飛んでいた。

これでヴリトラは助かった——のだが。

「な、なな、なななななななななな——」

命は助かったが、その代わり精神的なダメージを負った。

俺がデュポーンを抱き寄せて、デュポーンがそれを受け入れて恋する乙女な表情をした。

その事で、ヴリトラは盛大にバグって——これはこれでかわいそうになってしまった。

「……あっ」

「うん？」

「そっか……そかそか」

俺の腕の中から抜け出すデュポーン。

ニコニコしながら俺を見つめてきた。

「どうした」

「やっぱりダーリンってすごいね」

「うん？」

「助けたんでしょ、そいつ」

「ああ、気づいたのか」

「うん、ダーリンの表情で。それにまるで未来予知したみたいにあたしを止めたしね。タイムシフトなんでしょ」

「ああ」

俺は頷いた。

デュポーンはさすがに賢い。

三頭の神竜の一頭だけあって、観察力も洞察力もすごい。

普段は幼い感じがして色々とどうなのか、って思う所もあるけど、そこはさすがという所だ。

ラードーンと本質的にはやっぱり同じなんだなって思った。

「ふふ、やっぱりダーリンってすごい」

「そんなにすごいすごい言う事でもないいんじゃないか」

「そんな事ないよ。あたしが殺そうとした相手を守れる人間なんて、この世でダーリンしかいないもん」

そうなのか……そうかもな。

「だから――うふふ」

デュポーンはそう言って、再び俺に抱きついてきた。

「ああっ！」

話している間にショックが和らぎ、それで復活してきたヴリトラは。

タイミングが悪く、またまた精神的に打ちのめされたのだった。

.167

『今のうちに手綱を取っておいた方がいいな』

「え？　どういう事？」

『タイムシフトを使ったというのなら、完全に消し飛ばされていたのであろう？』

まるで見てきたかのようにラードーンが言った。

このあたりはさすがデュポーンの事を良く知っているだけある、って事だろうな。

「まあな」

『あやつは我に返ればまた空回りを始める、そういう男だ。放っておけばまた消し飛ばされるぞ』

むむ。

それはまずい。

というか……うん、そうだろうな。

はじめてあった俺でも、言われて見ればその光景がありありと目に浮かぶようだ。

今は「ガーン」って感じで魂がどこかへ旅立っちゃった感じだけど、我に返ったらまた俺に突っかかってきて、それでまたデュポーンに消し飛ばされるだろう。

タイムシフトはものすごく魔力を喰《く》う。

数秒間巻き戻すだけで、俺が持つ全魔力を食らい尽くすほどだ。

正直、もう一度やったら今度は助けてやれない。

俺はデュポーンを見た。

デュポーンは俺に抱きついたまま、嬉しそうに頬ずりしている。

止めた方がいい……けど、どうやって？

「どうしたのダーリン？」

「えっと……その、な」

「うんうん」

「……」

考えたけど、分からなかった。

魔法でどうにかならないかな？　って考えた方がいい気がしてきた。

『ふふっ、お前らしい。いいだろう、我が考えてやる。我の言う通りに言ってみろ』

あっ。

それは助かる。

こういう時のラードーンはものすごく頼りになる。

『この後こいつと話がある』

「この後こいつと話がある」

「話って何？」

『聞いていれば分かる。それよりもちゃんと話を最後までしたいから、何があっても手は出さないでくれ』

「聞いていれば分かる。それよりもちゃんと話を最後までしたいから、何があっても手は出さないでくれ」

『――ぷっ』

「――ぷっ……ぷ？」

「どうしたのダーリン」

デュポーンが小首を傾げた。

『く、くく……すまんすまん、ついこらえきれず吹きだしてしまった。一言一句間違えずに繰り返すのだな』

いや、その方がいいかなって。

『ふふっ、お前らしいよ。続けよう』

ラードーンは気を取り直して、再開した。

『悪い、なんでもない。それよりも約束してくれ、何があっても手を出さないって』

「悪い、なんでもない。それよりも約束してくれ、何があっても手を出さないって」

さっきと同じように、まったく同じ言葉を繰り返した。

魔法の事じゃないんだ、素直にアドバイスにしたがった方が絶対にいい。

「手を出さないで、かあ」

『たのむ、俺のためのために我慢してくれ』

「たのむ、俺のためのために我慢してくれ」

「――っ！　うん！　我慢する、何があっても我慢する！」

デュポーンはものすごく嬉しそうな顔をして、更にぎゅっ、と俺に抱きついた。

しばらくスリスリしてから、俺から離れた。

「ちょっとまってね……えい！」

デュポーンは手をかざして、何かの魔法を使った。

次の瞬間、彼女の手足がすぅ……と透け出した。

「それは？」

「タイムリープだよ」

「タイムリープ……魔法なのか？」

「うん。あたしの手足を昨日においてきた。これなら万が一手が出ちゃっても殺せないから安心して」

「昨日においいいいいてきた」

デュポーンがけろっと言った魔法、タイムリープ。

自分の手足を昨日においてきた、という説明がわけ分からなさすぎる。

分からないけど、「タイム」リープという名前と、明日という単語。

ものすごい時間魔法ってだけははっきりと分かる。

どういう魔法なんだろう……知りたい。

『ふふっ』

「あっ」

ラードーンの声が聞こえてきて、はっと我に返った。

いかんいかん、こんな事をしてる場合じゃないんだ。

今はまず、ヴリトラをなんとかしなきゃだ。

☆

「俺様と戦え卑怯者！」

話をするためにヴリトラを連れて、テレポートで屋敷に戻ってきた。

ひとまず庭に移動したら、そこでヴリトラが我に返って、早速俺に食ってかかってきた。

「止めといて良かった」

思わずそうつぶやいたのは、デュポーンが笑顔でビキビキってなってるからだ。

止めてなければヴリトラはまた跡形なく消し飛んでた所だ。

「なんで戦わなきゃならないんだ？」

「デュポーン様も、さっきのやつも騙《だま》されてる！　お前のような人間が魔物の王になってるなんて、絶対に何か卑怯な手を使ったに違いない」

「卑怯な手って……」

「お前をぶっ倒して、その化けの皮を剥《は》がしてやる」

なるほど、そういう事か。

えっと、それはつまり……。

「お前を倒せばいいんだな」

「ほざけ！　お前のような人間に負ける俺様じゃない！」

ヴリトラはそう叫んだ後、ガイと戦った時と同じように分身した。

魔法での分身じゃない、そこに魔力は感じられない。

ガイの時も一度見たけど、こりゃ超スピードでの残像分身だな。

だったら——。

「スワープス」

手を突き出し、魔力を練り上げて、魔法を放った。

ファミリアの中に、クリスとアスナという、速度を身上とする者が二人もいる。

その二人ともし対峙したら？　という想定から作った魔法。

放った瞬間、残像分身が消えた。

同時に、ヴリトラの足元に絡みつく、半透明の何かが現われた。

「な、なんだこれは！」

驚愕するヴリトラ。

まるで沼に足を取られたかのように、動きがままならなくなった。

あと――一回どっかんとやってしまおう。

「パワーミサイル――四一連！」

突き出した手を一旦弓を引くようにし、拳《こぶし》に握り直してまた突き出す。

拳の先端から、四一本の魔法の矢が飛び出した。

「なっ――」

驚愕するヴリトラ。

足が搦め捕られているせいで、スピードが完全に殺されて避けられなくて、四一本の魔法の矢が全弾命中した。

命中した瞬間、足を搦め捕る魔法が消えた。

魔法の矢が次々と中ったヴリトラは、

「ぶっ、あがっ、ぶぎゃら!!」

変な声を上げて吹っ飛んでいった。

空中できりもみしながら吹っ飛んでいって、勢いを失った後、頭から落下して、地面に逆さに突っ込んだ。

「すごい！　すごいすごいダーリン！　すっごくかっこよかった！」

完全に決着がついたと判断したのか、デュポーンが俺に駆け寄ってきて、抱きつけないもんだから俺のまわりでぴょんぴょん跳ね回って、喜びを露わにするのだった。

☆

「失礼しました!!」

地面から引き抜いて助け出した後、気がついたヴリトラはパッと頭を下げてきた。

直前までの敵愾《てきがい》心はどこへやら、ってな具合に下手に出てきた。

「えっと?」

「俺が――いや、自分が間違ってました!」

「これって一体?」

「そうなんだ」

『いい意味で単純なやつなのだ。ぶったたいたら力を認めた、それだけの事だ』

正直一回叩いただけでこうなるとは想定してなかったけど、これはこれで話が早くて助かる。

「あなたは強い、魔物の王に相応しい強さだ」

「へえ、よく分かってるじゃない」

「デュポーン様もすみませんでした!!」

そういって、デュポーンにはガバッと土下座した。

俺に頭を下げたのより更にワンランク上の謝罪だ。

「俺の早とちりです」

「別にいいよ、どうでもいいし」

「うっ……そ、そうだ。すごくお似合いです」

「お似合い？」

それまでいかにも興味のない、って感じの反応だったデュポーンだが、ヴリトラの言葉に思いっきり反応した。

一転、目を輝かせる位の勢いで食いついた。

「本当？」

「はい！　デュポーン様は最高のお方です。魔物の王なら、ぎりぎりで釣り合いが取れます――お似合いです」

「ふふん、あんた分かってるじゃない」

お似合い、っていう言葉に思いっきり気を良くしたデュポーン。

こうなればもう、この先消し飛ばされるのを心配しなくてもいいのかもしれないな。

「ねえねえ、ダーリン」

「うん？」

「こいつ、なんか見所があるね」

「えっと……まあそうかな？」

なんか思いっきり私情がはいっている評価で一瞬ためらったが、よくよく考えればヴリトラのスピードはかなりのもので、強い魔物なのは間違いない。

見所がある――うん、まあそうだな。

「名前をつけて、ダーリンの使い魔にしてあげない？」

「ファミリアの事か？」

「うん！」

「ふむ……」

俺はヴリトラの方を見た。

「あんた、この国で暮らしていくつもりは――」

「もちろんっす！　デュポーン様のいる所が俺の居場所！」

「なるほど」

俺は頷いた。

「じゃあ、この国に住むための魔法をかけるぞ」

「うっす！」

手をかざして、ファミリアの魔法をかける。

ヴリトラってずっと呼んでたけど、それは種族名だったよな元々。

だったら――。

「今日から――ヴァジュラだ」

名前をつけつつ、ファミリアの仕上げをする。

光がぱっと広がって、ヴリトラ――ヴァジュラを包み込む。

光が収まった後、ヴァジュラの姿は一回り小さくなった。

それと同時に、角や翼など一部の特徴を残しつつ、より人間に近い見た目になって――。

「こ、これは!!」

――力も強くなった。

自分の変化に大はしゃぎするヴァジュラは、前よりも圧倒的に速いスピードで、六体の残像分身をだしたのだった。

.168

謁見《えっけん》の間の中。

俺の前に一人の青年が跪《ひざまず》いていた。

青年の名前はフランク。

父上の伝言を持ってきた使者だ。

一方の俺は「玉座」に座っていて、両横には人狼らが衛兵としてずらりと並んでいる。

これはスカーレットの提案だ。

これからは「王」として振る舞った方がいい場面が多くなる。

王としてなら、公式の場はそれ相応の格式張った振る舞いをすべきだ。

それで、見栄えと強さの両方を兼ね備えた人狼達がこういう時の衛兵として抜擢された。

曰《いわ》く、「儀仗兵《ぎじょう》」だそうだ。

エルフ達のほとんどがメイドになったように、人狼達もほとんどこの「儀仗兵」につく事になった。

そんな人狼達に二重の意味で守られながら、フランクと話していた。

「そうか、じゃあ輿入れは進んでるんだな」

「はっ、来月にはチャールズ様御自ら、お嬢様を王都までお連れするとの事です」

「来月？　早いな」

「いえっ！　これでも遅いくらいです。道中の護衛など万全を期さねばならなかったものですから」

いや、そういう事を言ったんじゃないんだけどな。

だって、あの妹だろ。

まだまだ赤ん坊、下手するとまだ歩けるか歩けないか位の赤ん坊だ。

なのにもう連れて行くのか——という意味での「早いな」だったんだ。

俺はてっきり、形式上だけの話で、成長するまで「許嫁」みたいな形になるもんだと思っていた。

「お嬢様を送り届けた後、チャールズ様自ら参上し、陛下にお礼を申し上げたいと話していました」

「わかった、待ってるよって父上に伝えて」

「はっ」

フランクは跪いたまま、深々と頭を下げた。

そして顔をあげて、俺を見つめる。

「つきましては、チャールズ様よりこちらのものを預かって参りました。こちらへ運んでもよろしいでしょうか」

「うん？　何を持ってきたんだ？」

俺が頷きながら聞き返すと、その許可を得て、フランクが立ち上がって、後ろに向かってジェスチャーをした。

謁見の間の入り口に控えていたフランクの部下らしき男が頷き、廊下に身を乗り出して何かを言った。

すると、何人もの男達が、箱やら何やらを運んで入ってきた。

箱はおそらくお金が入ってる。

それ以外は布をかけているが、シルエットとかで骨董品の類だってなんとなく分かる。

それを俺の前に並べた。

「ささやかな気持ちですので、どうかお納め下さい」

「分かった、ありがとう」

俺はそういい頷いた。

すると今度はギガースらが入ってきて、贈り物を運んでいった。

「それともう一つ」

「うん？」

「こちらは、チャールズ様より、必ず手渡せと命じられてます」

フランクは懐から一冊の本を取り出した。

「それってもしかして」

「はい、魔導書でございま――」

「おお、どんな魔導書なんだ？」

俺は立ち上がり、スタスタとフランクに近づいていき、魔導書を受け取った。

『ふふっ』

ラードーンがなぜかクスリと笑ったが、今はそれ処じゃない。

俺はフランクから受け取った魔導書を見つめた。

「申し訳ありません、私どもではどういう魔法かまでは。ただ、チャールズ様がちゃんとした筋から入手した本物でございますので」

「そうか」

「なんでも、今まで誰にも使えなかったものですので、かなりの大魔法なのではないか、という話です」

「それは楽しみだ！」

俺は頷き、その場で魔導書を開き、読みだした。

フランク、そして人狼達の儀仗兵に見守られる中、魔導書を読み進めていく。

いきなり魔導書をもらって興奮した状態で読みはじめたのだが。

「……うーん」

「い、いかが致しましたか？」

「これって……うーん？」

「えっと、何かまずかったでしょうか」

顔を上げる、フランクが焦りと怯え、その二つが入り交じったような表情をしていた。

「まずいというか……何かおかしいんだよなこの魔導書」

「おかしい、と申しますと？」

「いや、本物なのは間違いないんだけど、何かおかしいんだよな」

俺は首をひねりながら魔導書を読んだ。

最後まで読んで、違和感を感じて、もう一度最初から読み直す。

魔導書なのは間違いない。

間違いない、が。

「この通りにやっても、魔法は覚えられないような気がする」

「はあ……」

フランクは曖昧に相づちを打った。

『ふふっ、然もありなん』

「ん？　何か知ってるのかラードーン」

『うむ、この手の魔導書はとある時代に流行ったものだ。その後急速に廃れたがな』

「流行って廃れた？」

『お前が感じた通り、それは本物だが、何かが足りていない。それはわざとそうしたものだ』

「わざと？　なんでまたそんな事を」

『さあな、人間達がやる事は理解の埒外《らちがい》だ』

そう言いながらも、ラードーンの口調は楽しげだった。

まちがいなく理解しているって感じの口調だ。

「何かが足りないってどういう事なんだ？」

『分かりやすく例えてやるとな……うむ、ケーキのレシピがあったとしてな』

「ケーキのレシピ、ふむふむ」

『そのレシピは分かりやすく書かれている、見ただけで「あっ、これは美味しくできるレシピだ」となる代物だ』

「ふむふむ」

『だが、どうした事か、そのレシピのどこにも砂糖の文字はない。その通りに作れば見た目も香りも抜群だが、いざ食べてみれば甘さが一切しないケーキのような何かになる』

「そういう事か！」

俺はハッとした。

ラードーンの言葉で違和感がはっきりした。

砂糖の存在が一切ないケーキのレシピ。

それでも、実際にレシピを見て作る人間は、砂糖をどこに使えばいいか分かるだろうな。

俺が、魔導書の中で「一カ所」だけ足りないと分かれば、どこに何かを埋め込めばいいのかが分かるように。

俺はもう一度最初から魔導書を読み込んだ。

そして、足りないものを組み込んで――放つ。

「ファイアボール」

魔導書が光り、かざした手から炎の玉が飛び出した。

「おお！　こんなにすぐに習得されるとは、さすがでございます」

フランクは感動した表情でそう言った、が。

事情を知らなければそう感じるのだろうな、と俺は思った。

『ふふっ、やはりお前は魔法の天才だ。内容が欠落している魔導書など、下手すると一から作るよりも難しいのにな』

事情を知っているラードーンの誉め言葉の方が、普通にうれしいと感じたのだった。

.169

屋敷の応接間で、俺はブルーノと向き合っていた。

いつものようにテーブルを挟んで、ソファーで向き合って座った。

「えっと……その……」

ブルーノは見るからに困っていた。

彼が困っているのは、主に俺の傍にいる女の子のせいだ。

デュポーンは人目をはばからず、俺にひっついている。

「もしかして……王妃陛下、で、ございますか？」

「いやそれは――」

「正解！」

俺が否定するよりも早く、デュポーンがブルーノに向かって親指を立てた。

「あんた見所があるね」

「は、はあ……恐悦至極に存じます」

そう言いながらも、ブルーノは俺を見た。

本当にそうなのか？　って顔だ。

『ふむ、さすがだ』

え？

『この国の最高権力者はお前だ。あやつが取り入るのもお前。お前の言葉以外は信用しないというわけだ』

ああ、なるほど。

ラードーンの説明で俺は納得した。

やっぱりこういう感情の機微はラードーンの方が俺よりも数百倍も詳しい。

それはいいけど。

「いや、違うんだ」

「えー、ダーリンひどい！」

「ひどいも何も……一方的につきまとわれてるだけだ」

「は、はあ」

ブルーノは曖昧に頷いた。

「もうダーリン、あたしのどこが気に入らないの？　やっぱりドラゴンだからいやなの？」

「ドラゴン？」

ブルーノは首を傾げた。

「ああ。デュポーンって、知ってるか？」

「……あの三竜戦争の⁉」

ブルーノは驚愕した。

「知ってるのなら話が早い。どうやらそうなんだ」

「…………」

ますます目を見開いて、絶句してしまうブルーノ。

「あの伝説の……さ、さすが陛下。お見それ致しました」

「さすがっていうか」

「竜さえも魅了してしまう陛下とお取引が出来る、このブルーノ、喜びにたえません」

「うーん」

俺は微苦笑した。

相変わらず、完全に自分を俺の「下」においてるブルーノだ。

本当は俺＝リアムの実の兄なのに、そこまで徹底出来るのはすごい事だと思う。

「ところで、今日は何か用事があるのか？」

「はっ。まずは、竜石の件」

「竜石？」

「ああ、これなんだ――アイテムボックス」

俺はアイテムボックスを使って、別次元に貯蔵してある白炭を呼び出した。

精霊召喚を使って製造した純白炭。

超高純度の白炭を、ブルーノは「竜石」とブランド化して売り出した。

それを取り出して、デュポーンに見せた。

デュポーンはそれを受け取って、じろじろと見てから。

「これダーリンが作ったの？」

「ああ、魔法で」

「へえー、すごいじゃんダーリン」

「分かるのか」

「うん。人間は昔から火の扱いに四苦八苦してきたからね。これ、製鉄とかで使ってるの？」

デュポーンは白炭をもったまま、ブルーノに問いかけた。

「はっ、刀匠などに大半を卸してます」

「だろうね、これだけ不純物がなきゃそっちに大人気だろうし」

「どういう事なの？　不純物とか関係あるの？」

「え？」

デュポーンはきょとんとした。

横からブルーノが説明をしてくれた。

「通常の石炭を製鉄に使うと、不純物が鉄にくっついて、質の悪い鉄になってしまうのです。そのため、不純物の少ない燃料が製鉄には大事なのです」

「そうだったのか」

俺は頷きつつ、デュポーンを見た。

その事をあっさりと言った彼女。

普段の振る舞いからは想像もつかないような知的な空気が漂ってた。

『ふふっ、あれでも竜だ』

と、ラードーンが言った。

なるほど、それもそうだな。

「この竜石の取り扱いを一任してくださって本当にありがとうございます。陛下には感謝の言葉もありません」

「商売なんだから、こっちも利益を得ているから」

「ありがとうございます」

ブルーノは深々と頭を下げた。

「つきましては……陛下にご提案がございまして」

「提案？」

「竜石は陛下のブランド。その竜石の品質に惚れ込んで、同じ陛下が製造したものはないか？　という問い合わせが徐々《じょじょ》に増えてきております」

「へえ」

「何か他に商品がありましたら……と、思いまして」

「そっか」

俺は考えた。

「うーん、何かアイデアはある？」

俺はストレートに、まず一回ブルーノに投げ返した。

「僭越《せんえつ》ながら申し上げますと、衣・食・住、これが人間に欠かせないものでございます」

「ふむふむ」

「よほどの飢饉《ききん》にでも見舞われない限りは、この三つは常に商売としての安定した需要が見込めます」

「なるほど」

俺は納得した。

その発想はなかったが、言われてみればそうだ。

確かに、飯はもちろんだし、住む所も着る服も、普通に生きてれば必要なものだ。

「そのうち、住はなかなか新しい需要が出ない」

「だな」

「ですので、衣か食がよろしいかと」

「分かった。何日か考えさせてくれブルーノ兄さん」

「ありがとうございます！」

ブルーノは立ち上がって、九十度に腰を折って頭を下げてきた。

☆

俺は自分の部屋で、大量の「綿」と向き合っていた。

衣・食・住のうち、衣と食。

食に関しては、即席麺がある。

だから、「衣」を考えた。

竜石も、即席麺も。

どっちも、魔法で作ったものだ。

衣——つまり服も、魔法で作れないものかと考えた。

というか、出来るようになりたい。

魔法は奇跡の力だ。

魔法で出来ないものはない。

なら、どうやれば出来るのかを考えた。

一晩考えて、アイデアが出た。

それで服の素である、綿――つまり綿花《めんか》を大量に用意してもらって、それに編み出した魔法をかけた。

「『スピリング』」

魔法の光が綿花を包み込んで形を変えていく。

やがて、綿花が簡素な服に変わった。

「うん」

頷き、服を実際に手に取る。

あっちこっちを見て、引っ張ったりしてみて。

「よし、ちゃんと服になってる」

『だめだな』

「え？」

いきなりラードーンがそんな事を言ってきた。

ラードーンの淡々とした口調は百の説明よりも説得力があった。

あったが、理由が知りたかった。

「な、なんでダメなんだ？」

『難し過ぎる』

「難し過ぎる？」

『うむ。綿花から服を作り出す魔法。さすがだ、それを編み出し、実際に行使した。お前の魔法の才能がなしえた素晴らしい業績といっていい』

「じゃ、じゃあ？」

『しかし、その魔法を誰が使える』

「え？」

『お前以外の誰にこの魔法が使える』

「……あっ」

俺はハッとした。

言われてみれば……。

最近になって、魔法の経験が増えてきたから、なんとなく魔法がどれくらい難しいものなのかが分かるようになった。

この魔法――「スピリング」はとても難しい部類だ。

『この国は今や万以上の魔物がいるが、その魔法を使えるのはせいぜい一体か二体、そういった所だろう』

「むむむ……」

ラードーンの厳しい言葉だが、その通りだと思う。

『商売にするのなら誰でも――とは言わんが、大勢の魔物が使えなければ話にならん。竜石は簡単なものだったのが良かった』

確かにそうだ。

竜石――つまり純白炭は、サラマンダーとノームの召喚で出来る。

サラマンダーとノームで、役割分担出来るのも大きい。

「……あっ」

『ふむ？　どうした』

「いい方法を思いついた」

『ほう』

ラードーンは楽しげな声をだした。

期待してくれてるんだ。

その期待に添えるような魔法――作らなきゃな。

☆

数日後、魔法都市の片隅で、急遽建ててもらった建物の中で。

俺は、ブルーノと肩を並べて、それを見ていた。

い。それは、大量のスライムが、いくつかのチームにわけて、それぞれ違う魔法を使っている、という光景だ。

スライムは魔法を使う時はゴムボールのように垂直に跳ね続けるクセがあって、建物の中はスライムがあっちこっちでピョンピョンピョンピョン跳ねて、まるで「ウェーブ」のようになっていた。

「あれが綿花から綿を作るチームで、あれが綿から糸をよっていくチーム、あれが糸から布を編むチーム」

俺は順番に指さしていって、ブルーノに説明をした。

「で、あれが型通りに切り出した布を縫っていくチーム、と」

最後まで言ってから、改めてブルーノに向く。

「こんな感じで、分担して魔法を使う事で、『同じものを大量に作る』事が出来るようになった」

「ほ、本当に『同じもの』でございますか？」

「ああ、『同じもの』だ」

「さ、さすがでございます!!」

ブルーノは背筋をピン、と伸ばすほどの勢いで言ってきた。

服というのは、糸をよるところから最後の縫い合わせに至るまで、職人の手によって作られるものだ。

服に限らず、職人が作るものは大抵二つの特徴をもっている。

一つは、時間がかかる事、しかもかかる時間が一定じゃない。

もう一つは、どうしても品質が安定しない事。

「俺が編み出した魔法を使えば、魔法さえ使えれば、誰でも同じものを作れる。それを分担作業する事で作る時間も安定した。

「すごいです！　これはすごい事です陛下!!」

「そ、そんなにか？」

俺はブルーノの反応に困った。

我ながらこの仕組みは上手くできたと思ってる。

竜石の分担作業から、さらに細かく分担させればいいと思いついたのは自分を褒めたいくらいの発想――なんだけど。

そこまで褒められるとは思わなかった。

「はい！　これは凄まじい事です！　『衣』の産業ががらりと一変するほどのものですよ!!」

ブルーノはあまりにも興奮して、口調がやや崩れてきた。

ずっと自分を俺の「下」に規定し続けてきたブルーノが興奮して我を忘れるくらい。

それくらい……すごい事、なのか？

.170

謁見の間に、俺と、ブルーノと、エルフメイドのレイナの三人がいた。

俺は玉座に座っていて、二人は俺と向き合って立っている。

ブルーノは恭《うやうや》しい感じで、微かに腰をかがめて手を垂れさせている。

一方のレイナは背筋を伸ばしたたたずまいで、書類を持ってそれを読みあげている。

「――以上が、この一週間の服飾の輸出額となります」

「うん」

俺は頷いた。

レイナが報告してきた輸出額という数字だが、ぶっちゃけほとんど頭に入ってきてない。

聞いてるはずなんだけど、ちっとも頭に入ってこない。

「それって、具体的にはどうなんだ？　いいのか？　それともだめなのか？」

俺が聞くと、レイナは頷きつつもちらっとブルーノを見た。

そうか、レイナも分からないのか。

まあ、ものすごく有能だけど、レイナも魔物で人間側の金の流れとか、そういうのは分からないだろうしな。

レイナに水を向けられたブルーノは一度頭を下げてから、答えた。

「控えめに申し上げまして、絶好調、でございます」

「へえ、そうなんだ」

「はい。値段に比して品質が高く、かつ品質そのものが一定。早くも大人気でございます」

「そんなにか」

「と、申しますか」

「うん？」

「他が壊滅的でございます。この一週間に限定すれば、陛下が輸出した衣料品の売り上げが、実に九割を占めておりますので」

「それはすごい」

細々とした数字を言われても分からないけど、全部の何割か、というのは分かる。

九割ともなれば、何も分からなくてもすごいってのが分かる。

「ですので、預けていただいた分は完売状態。引き続き私に取り扱わせていただければ、と……」

ブルーノはそう言って、頭を微かに下げたまま、上目遣いで俺をじっと見つめた。

「ああ、別に代える必要性もないから、これからもブルーノ兄さんに任せるよ」

「ありがとうございます」

「レイナ、生産ラインはどうなってる？」

「はい。陛下が開発した魔法群はシンプルでありますため、八割の者がライン上のどれかの魔法が使える、という状況でございます」

「おおっ！　それはよかった」

俺は嬉しくなった。

今回の事で俺が思いついた魔法生産の分業制。

一人で全て出来ないのなら、細かく分けて、いくつもの簡単な魔法にすればいいんじゃないか？

って思いついた。

それで開発した十数個の魔法は、大半の魔物はどれか一つなら使えるって事だ。

その結果が嬉しかった。

魔法開発の効果が出て、実際に認められるのは何よりも嬉しい事だ。

「でありますので、希望者の数、および種族を上手く振り分ければ、昼夜問わずノンストップで生産する事が出来ます」

「なんと!!」

「それはすごい」

ブルーノは盛大にびっくりして、俺も感心した。

昼夜問わず延々と生産が続けられるのがすごいのは俺にも分かる。

「そのような事ができるのですか？」

ブルーノがレイナに念押しの確認をするかのように聞いた。

「はい。適性者が多いのはもちろん、リアム様が開発された明かり——通称『リアム灯』のおかげでもあります。明かりがなければ適性があっても生産は難しいです」

「なるほど！　さすがは陛下！　これを見越しての開発だったのでございますね」

「いやさすがにそれは」

俺は微苦笑した。

そんなところまで考えて明かりの魔法を開発したわけじゃない。

あくまで夜も明かりがあれば便利になるってだけで。

「夜間の生産に関しては、残った二割の不適合者から、リアム灯をともせる者を配置しますが、よろしいですか？」

「うん、それは任せるよ」

「かしこまりました」

レイナは一揖《いちゆう》して、手元の資料に何かを書き込んだ。

魔法を作ったのは俺だが、たぶん今となっては、もうレイナの方が俺よりも詳しい。

集団で組み合わせて活用する魔法群だから、こうなった以上もう俺の手元から離れている。

「そういえば」

「うん？　なんだ兄さん」

「税金はどのようになさっているのですか？」

「税金？」

「はい」

「税金？」

同じ言葉を繰り返して、レイナの方を向いた。

「以前リアム様のご指示通り、税金は取らないという方針を立てておりましたので、それを踏襲しております」

「ああ、そうだった。たしか昔の国と同じとか言われたな。なんだっけ……」

頭をひねる。

聞いたけど、思い出せない。

「ザラムでございますか」

ブルーノが言った。

「たぶんそれかな？」

正直自信がないが、ブルーノが言うのならそれで間違いないだろう。

「このままでいってもいいんじゃないかな――どう思う兄さん」

レイナにいって、方針を続ける――と思ったが、金の事は俺はもちろんレイナも人間に比べてそこまで詳しいってわけじゃないから、考え直してブルーノに聞く事にした。

「それは……」

「なんかまずいのか？」

「いえ、税なしの国家は控えめにいって神の庇護下にあるような、地上の楽園と言わざるを得ない素晴らしい環境だとは思います」

「そんなにか」

「はい、これは私だけではなく、おそらくあらゆる人間がそう思う事でしょう」

「すごいって事？」

いつも言ってるように、ってニュアンスで聞いた。

「はい」

「だったら問題ないって事か。……でも複雑そうな顔をしたよな」

「はい。これは極めて個人的な感情で恐縮なのですが、それほどすごい事をこの国の魔物達はおそらく理解しておられない。その事で殿下を称えておられないのが心情的に複雑なのです。魔物達でありますので、税にまつわる事を理解出来ないのは仕方のない事ですが」

「なるほど」

俺は少し考えた。

ブルーノの個人的な感情だって言うのなら、それは別にいいのかな？　って思った。

「だったら、このままで――」

「ブルーノ様、何かいいアイデアはありませんか？」

「え？」

俺がそれでいいって言いかけた所に、レイナがブルーノに聞いた。

「私達はリアム様を尊敬してます、だけど、ブルーノ様の言う通り、この件でリアム様がなさった事のすごさを理解出来ていないのも事実です。みなが理解して、リアム様を称えるようにするいいアイデアはありませんか?」

「そうですな……」

ブルーノはあごに手を当てて考えた。

そんなの別にいいんだが、レイナもブルーノも本気だった。

「……富くじ方式、があるかと」

「富くじ方式?」

「富くじって、あの?」

「はい、あの富くじでございます」

レイナは分からないが、俺はリアムに転生する前世に何回か買ってるから分かっている。

富くじって言うのは、番号に書かれたくじを買って、その番号が当れば大金が手に入るという、抽選と賭博を合体したようなものだ。

「富くじに当選者が出なかった場合、それが積立金になって次回の抽選に上乗せされます」

「ふむ」

「それにならってここは、少しばかりの税を取って、取った税を民に還元するというやり方ではどうでしょうか。人間で言えば結婚した者へ家を贈ったりするなどのやり方がよろしいでしょう。もちろん魔物達が喜ぶものを考える必要がありますが……」

「なるほど。どうかなそれ」

俺はレイナに聞いてみた。

元々話を終えようとした所に、彼女がブルーノに食い下がったのだ。

彼女の方が、この話がいいのか悪いのかが分かるというものだ。

「いいと思います。もちろん、リアム様からの贈り物、と明言する必要はありますが」

「それこそどうでもいい――いや、うん、それでいいよ」

俺は途中で言い換えた。

俺は最初からどうでもいいと思っているが、レイナはそうじゃない。

ここで俺がまたそう言ったら話がこじれる可能性がある。

この件は、レイナとブルーノにすすめてもらうのがベストだ。

「兄さん、悪いけどそのあたりの知恵を貸してくれないか」

「喜んでご協力致します」

「ありがとう」

「つきましては一転、還元率は如何なさいますか?」

「還元率?」

「富くじですと六割――全予算の六割を当選者に還元するという方式ですが」

「全部でいいんじゃないか?　元々俺が金を取ろうとして始めた事じゃないし」

「なんと!?」

ブルーノは思いっきり驚いた。

どうしたんだろう、って思っていると。

『ふふっ』

ラードーンが笑い声を出して、話に合流してきた。

「ん？　どうしたラードーン」

『せっかくなのだ、お前がポケットマネーを出して、全部――一〇割を超える一一割とかにすればよいのではないか？』

ふむ？

なんでそう言ってくるのかは分からないけど、まあでも、魔法以外の事はラードーンの言う通りに従って損はない。

今までの経験から俺はそう思って、即決してブルーノに言った。

「集めた金に俺が一割上乗せして、一一割にして還元しよう」

「な、なんと!!」

ブルーノは更に驚いた。

「一〇割でもとてつもないのに……まさかの元金超え……さすが、さすが陛下でございます」

「ふむ？」

「さすがリアム様です」

「そうか？」

よく分からないけど、どうやらそれで問題はないようだから、俺は「じゃあそれですすめて」と言った。

この事が人間の国でものすごいと噂になるのを、今の俺はまだ知らなかった。

.171

あくる日の昼下がり。

俺は町中をぶらついていた。

服を作る集団魔法が完成して、大量生産して輸出するようになってからは、それでますます街が賑やかになった。

ファミリアで進化した魔物達はどこか人間くさくなる。

人間くさくなった魔物達が持つ金を狙って、ブルーノに連なる商人が色々売りつけにくる。

人がいても、物があって、金もある。

この街は、ますます賑やかになっていった。

「なんの！　拙者の本領発揮はまだまだこれからでござる」

「あたしだって全っ然序の口だよ！」

「ん？」

少し離れた所に、聞き覚えのある二人組のやり取りが聞こえてきた。

声のする方に向かっていくと、公園のような空き地でギガースと人狼達が酒盛りをしてるのが見えた。

集団の中心にはガイとクリスがいて、二人はタルをコップ代わりにして、酒の飲み競べをしている。

ガイは立ち上がって、片手を腰にあてて、タルをもう片手でもって、グビグビと天を仰ぎながら口の中に流し込んだ。

「――ぶはぁっ！　どうだこれで」

「豪快な飲み方をしてるな」

「あ、主！」

「ご主人様！」

ガイ達に近づくと、ガイとクリス、そして他のギガースや人狼達が一斉に俺に気づいた。

「主も一緒にどうでござるか？」

「お酒もあるしすっごい美味しい肉もあるよ」

ガイとクリスは俺を誘ったが、俺はにこりと笑って断った。

「いや今日はいいよ」

俺がいると二人は妙にいがみ合うからな。

俺が来る前は和気藹々《わきあいあい》と飲んでたから、そのままでいいだろうと思って辞退した。

「そうでござるか……」

「残念……」

「悪いな、お詫びにこれをやるよ」

俺はそう言って、ダストボックスを使った。

ダストボックスの中からタルを取りだして、二人に渡した。

「これはなんでござるか？」

「一〇〇〇年モノくらいのぶどう酒だ、みんなで分けて飲んでくれ」

「おおっ！　主のお酒でござるか」

「一〇〇〇年物！　一〇〇〇年ものって、すごいご主人様！」

普段はあり得ないような、一〇〇〇年もののぶどう酒。

ダストボックスが可能にさせたそれを差し入れとして渡して、俺はその場から離れた。

空き地を出た後、ちらっと振り向く。

「うーん」

「ダーリーン！」

「うわっ！」

空き地を出た後、何の前触れもなく現われたデュポーンがタックルみたいに抱きついてきた。

思わずもつれ合って倒れて、尻餅をついてしまったが、デュポーンはそのままの勢いで俺にじゃれつき、猫だか犬だかな感じで甘えてきた。

「デュポーン」

「んふふ……やっぱりダーリンっていいにおい」

「そ、そうか？」

「うん！　このにおい大好き」

俺はちょっと苦笑いした。

いいにおいって言われても、男としてどう反応したらいいのか分からない。

「そういえば、ダーリンさっきどうしたの？　なんか変な顔してたけど」

「変な顔？」

俺は自分の顔をべたべた触ってみた。

そんなに変な顔をしてたかな。

「分かった！　あたしとの仔《こ》の名前を考えてたんだ！」

「いやそれはない！」

あまりにもびっくりしすぎてついきっぱりと否定してしまった。

泣かれるか怒られるかって思ったけど。

「ちぇー、残念」

デュポーンはそんなに気にしてない様子だった。

あっさりしてるっていうか、カラッとしてるっていうか。

「じゃあなにを考えてたの？」

「ああ、あれだよ」

俺は手を伸ばして、さっきまでいた——少し離れたところで酒盛りしてるギガースと人狼達をさした。

「宴会してるね」

「ああ」

「ダーリンもしたいの？」

「いやそうじゃない、まわりに山ほどゴミが溜まってるだろ？」

「うん」

「もちろん終わった後処理するんだろうけど、ほら、今突風でもふけばさ」

「ゴミがちらばっちゃうね」

「そういう事だ」

ちなみに、人間の、それもそれなりに大きな街だと、統治者が商人に委託してゴミの処理をやらせている。

大抵は商人を複数集めて入札をさせて金額を抑えるんだけど、街の規模が大きくなればなるほど、ゴミ処理にかかる費用が大きくなる。

「ゴミ処理の事を考えてたんだ」

「ダストボックスがあるじゃん」

「でも、あれじゃ処理できないゴミもあるから」

「そうなの？」

「見て」

俺は指をさした。

丁度ガイが俺の渡した一〇〇〇年物のぶどう酒を開けているところだ。

「あれはさっき俺が渡したぶどう酒。ダストボックスの中で一〇〇〇年分経過したもの。あの瓶のように、いくらダストボックスの中に入れても朽ちないものがあるから」

「ふんふん。じゃあ焼き尽くせば？　大抵のものは火力を上げれば跡形なく焼き尽くせるよ」

デュポーンがそう言った直後、彼女の身体から魔力が立ち上った。

火の粉のようなものが体のまわりに取り憑いたかのような感じで立ち上っている。

幻想的で美しい光景なのだが。

「それは危険なんだよな、何もかも焼き尽くせるほどの大火力だと、コントロールに失敗したら街が消えちゃう」

「あたしはそんな失敗しないよ」

「デュポーンはね。それは信用してる」

してるんだけど、それじゃだめだ。

ここ最近のマイブームっていうべきか。

俺が、じゃなくて。

街に住む魔物達が、みんな、っていう。

みんなが使える魔法、だれもがやろうと思えば出来る形での魔法を考えるのがマイブームだ。

そりゃ確かにデュポーンは難なくやれるけど、たぶん俺でもやれるけど。

でもそれじゃだめだ。

個人に頼り切るとその個人がいなくなった時に一気に破綻する。

そうならないように、「システム」を作るのが大事だ。

この場合、ゴミ処理のシステムを、って俺は考えていた。

「……」

「うん？　どうしたデュポーン、そんなにプルプル震えて」

「――すきいいいいいい！」

「えーー!?」

いきなりまた抱きついてきたデュポーン。

俺を押し倒して、馬乗りになって顔にキスの雨を降らせてくる。

「ど、どうしたんだ？」

「ダーリン好き！　いっぱいあたしの事信じてくれて……だいすき」

「あ、ああ」

そういう事か。

「ねえダーリン、ねえねえダーリン。仔を作ろう？　ダーリンとあたしの仔を作ろう？」

「いやそれは――うん？」

「ダーリン？」

「あんたの……仔？」

「違うよ、ダーリンとあたしの仔だよ」

「デュポーンの……仔」

俺は押し倒されて、仰向けに横たわったまま考えた。

ある事を思い出した。

デュポーンとはじめてあった頃に見た、デュポーンジュニア。

そのデュポーンジュニアを倒した時の事を、俺は思い出していた。

「――！　ごめん、ちょっとどいて」

俺は立ち上がった。

デュポーンを押しのけて立ち上がって、まわりを見回した。

まわりを見回すと、丁度いい具合の木箱を見つけた。

その木箱に近づき、ふたを開ける。

中身はなくて、空だった。

「ちょうどいいな」

「どういう事なのダーリン」

「ちょっと見てて」

追いかけてきたデュポーンにそう言って、まずはダストボックスを使った。

ダストボックスの中から、五〇〇〇年以上経過している、空のガラスの瓶を取り出した。

実時間半年以上、ダストボックス内で五〇〇〇年以上経過しているガラスの瓶は、朽ちる気配がまるでなかった。

それを木の箱の中に入れた。

そして、考える。

あの時使った魔法を、少しアレンジする。

アレンジのイメージが出来た後、使う。

「ディメンションクラッシャー」

箱の中にある瓶が次元の裂け目に飲み込まれて、粉々に磨りつぶされた。

やがて何も存在してなかったかのように、綺麗さっぱり「処理」された。

「なるほど！　別次元に放り込んでぶっ壊すんだね」

「うん」

デュポーンジュニアの事を思い出したから——なのはさすがに言わないでおいた。

「すごい、さすがダーリン」

「ありがとう」

デュポーンにはちょくちょく褒められるけど、やっぱり何もない時よりも、魔法の事を褒められた方が嬉しい。

「でも、これダーリンしか使えないんじゃないの？」

「うん」

「さっきダーリンがあたしなら大丈夫っていったのって、他の魔物はだめって意味だったよね。じゃあこれはだめなんじゃないの？」

「……あんたの方がよっぽどすごいよ」

あの一言からそれを察するなんて。

さすがラードーンと肩を並べるドラゴンなだけある。

「その通り、このように一瞬で処理するのは普通の魔物達には難しい。でも」

「でも？」

「これくらいのものなら」

俺はそう言って、ディメンションクラッシャーを更にアレンジした。

箱の中に使ってない、もうひとつのガラス瓶を取り出して投げ入れた。

すると、ガラスの瓶が徐々に「むしばまれて」いった。

極細の針で穴を空けられたかのように、一つ二つ三つ――遅いが、徐々に瓶が穴だらけになっていった。

「こんな風に小さくても、瓶一つくらいなら一〇分もかければ処理できる。こっちなら使える魔物も多くなる――いや、自動化ができるはずだ」

「おおっ、やっぱりダーリンってすごい！」

デュポーンに褒められて、俺はますます嬉しくなって。

ディメンションクラッシャーから改良した魔法――シュレッダー。

それを使っての、ゴミ処理の「システム」を考えていった。

.172

ドーーーーーーーーン！！

俺はパッと起き上がった。

深夜、いきなりの轟音《ごうおん》と揺れに、寝ていたのが一瞬で目覚めた。

錯覚《さっかく》とか幻聴とかじゃない。

窓の外から次々と明かりがついて、街が騒ぎ出している。

「な、なにがあったんだ」

『……』

俺は部屋から飛び出した。

魔法で屋敷の屋根に飛びあがって、街をぐるっと見回したが、異変らしきモノはみあたらない。

ないが、今でも地面はかすかに揺れ続けている。

一体……何が起きてるんだ？

☆

翌日、宮殿の会議室、円卓の間。

メイド姿のレイナが、手に報告書を持って現われた。

「お待たせ致しましたご主人様」

「原因が分かったのか？」

「はい、原因の……原因そのものが分かりました」

「うん？　どういう事だ？」

「街の真北の二〇キロ離れた所に隕石のようなモノを発見しました。これの落下が昨晩の音と地震に繋がったようです」

なるほど――なるほど？

「隕石のようなものって？」

俺は二重に首を傾げた。

隕石という存在がまず一つ。

もう一つは、さっきからレイナの言い方がやけにふわっとしていて、なんか含みを持っている事だ。

「いったいどういう事なんだ？」

「分かりません、まともに調査ができていない状態です」

「なんでだ？」

「偵察に向かった人狼達は、隕石のようなものに近づいただけで眠ってしまうのです」

「眠ってしまう？」

「はい、半径およそ五〇メートル。それ以上近づいたら眠らされてしまう、としか分かっていません」

「半径五〇メートルか、地形にもよるけど、ぎりぎり目で見えるかどうかの距離だな」

「はい」

「眠らされるって、抵抗は出来なかったのか？」

「はい。クリスでも、一〇秒と持ちませんでした」

「そうなのか!!」

これにはさすがに驚いた。

クリスはファミリアの中でも特に強い、ガイとレイナと並びだって、魔物三幹部って呼ばれてるほどの実力者だ。

そのクリスさえもあらがえないほどの何か……だっていうのか？

「……分かった、俺が行こう」

「よろしいのですか？」

「もし原因が魔法なら俺が行った方がいいだろう」

「はい」

レイナが即答した。

魔法なら――っていう俺の言葉に対する信頼度の表れに感じられて。

こんな時だけど、なんだかちょっと嬉しかった。

☆

詳しい調査はできなかったが、場所ははっきりと調べがついた。

レイナに教えてもらった場所に、俺は飛行魔法で向かっていった。

「隕石か……俺でどうにかなるのかな」

『……まあ、なんとかなるだろう』

それまで沈黙を守っていたラードーンが口を開いた。

「ラードーン？　どうした」

『何がだ？』

「なんか様子が変だけど、何かあったのか」

『気にするな』

「はあ」

気にするなって言われても、ラードーンがそんな反応をするのなんて珍しくて、気にしないではいられない。

そういえば、ちょっと前にも似たような事があったな。

あれっていつだっけ――――。

そう思っていると。

『あれだな』

ラードーンの言葉が思考に割り込んできた。

俺は前を見た。

「むっ」

思わず、飛ぶのをやめて、ピタッと空中にとまった。

「あれは……霧？」

目の前に見えているのは、地面の一点を中心に広がる、ドーム状の霧だ。

霧は薄紅色で、明らかに何かがある、って感じの霧。

「ここなのか？　でもあんな霧が出てるなんて、レイナは言ってなかったぞ」

レイナは魔物三幹部の中でも思慮深く、何事にもそつがない有能なエルフの長だ。

そんなレイナが、こんなはっきりした現象を見落として報告しないなんて考えられない。

「出てきたばっかりなのか？」

『いいや、あれは超高純度のマナ。魔力が一定以上でもなければ見る事はできんのだ』

「ああ、じゃあクリス達は単に見えなかったって事か」

『そういう事だ』

「となると、あれが眠らされる原因なのか。どうしたらいいのかな」

『気をしっかりもて。目視できるほどの魔力があれば抵抗は出来る』

「そっか、分かった」

俺は頷き、再び霧――隕石のある方に向かって飛び出した。

ラードーンが言うのなら間違いないだろう。

それでも念には念を入れよ――って事で、霧の境目あたりにやってくると、地面に着地してから歩いて中に入った。

もし抵抗出来なければ、空中にいたら墜落するが地上にいれば転ぶだけで済む。

そう思って、歩いて入った。

「……ああ、なるほど」

俺は一人で頷いて、納得した。

ラードーンがいう「抵抗出来る」っていうのは言葉通りの意味なんだな、って理解した。

眠気が襲ってきた。

それはお腹いっぱいに食べて、昼下がりの陽気に当てられた時に感じる眠気だ。

ものすごく眠い、横たわったらすぐに寝てしまうレベルだ。

だが……抵抗は出来る。

俺は、気を強くもって、霧の中に入るとうっすらと見えてくる隕石に近づいた。

ある程度近づくと、隕石がパカッと割れているのが見えてきた。

「割れてるのか……あの中からこの霧が漏れ出してるって事なのかな」

『……まあ、そうだ』

俺は更に近づく。

霧の源に近づくにつれて、眠気が強くなってくる。

まるで馬車にのって、延々と体を揺すられている時のような強い眠気だ。

『……ふっ』

「どうしたんだ？」

『いやなに、これに耐えられたものは三人目。人間だと初となる快挙だと思ってな』

「三人目？　初？」

なんかすごい事を言われたけど、一体どういう事だ？

「前の二人は？　人間じゃないとなると、魔物？」

『魔物ではない。我と、デュポーンだ』

「えええええっ!?」

予想以上にすごい面々だ。

というか、ラードーンとデュポーンだけって、どんだけすごい隕石なんだこれは。

『まだ気づかぬか』

「え？　どういう事？」

『我とデュポーンだけが耐えられる。そこから何も気づかないのか？』

「うーん……」

なんだろう、俺が知ってる事？

『ヒント。名前は知らぬだろうが、存在は知ってるはずだ』

「うーん、うーん……」

俺は首をひねった。

足が止まって、ラードーンが出したクイズをうんうんと唸りながら考えた。

『ヒントその二。スカーレット』

「スカーレット？　彼女が知ってるのか？」

『そうだな。あの娘なら名前までも知っていよう』

「名前……さっきもそう言ったな。って事は人間？」

『…………ぷっ』

ラードーンはたまらず吹き出した。

「え？　な、なに？」

『ぷくく……いやなに。お前はお前だな、と思ってな』

「え、ええ？」

『ところで、この眠りの霧を魔法で再現出来そうか？』

「ああ、これでいいのか？」

俺はそういって、手をかざした。

俺の手から、ちょっとだけ薄いけど、似たような色の霧が出てきた。

今でも俺を襲ってる眠気をイメージして、魔法にしたものだ。

『ふははははは、あーっはははははは！』

ラードーンは大笑いした。

大爆笑だ。

彼女がここまで大笑いしたのは珍しい。

「な、なんだよ」

『さすがお前だな、って事だ』

「ええっ？」

『いいから答え合わせするがいいこの魔法バカ。割れてる中身を見ればさすがに分かるだろうよ』

「あ、ああ」

魔法バカって言われた。

いや確かに魔法バカかもしれないけど……まぁいっか。

俺は更に近づいていった。

隕石の前に立って、眠気が我慢出来るレベルなのを確認してから、飛行魔法でゆっくりと浮かび上がった。

そして、隕石の割れ目を、上からのぞき込む。

中に、一人の少女がすやすやと眠っていた。

まるで眠り姫のような姿だ。

「女の子？」

『うむ、名前はピュトーン』

「ピュトーン……あっ」

俺はハッとした。

ラードーン、デュポーン、そしてピュトーン。

「三、竜……？」

『さんざんヒントを出したのに、気づくのが遅いわ、魔法バカ』

「うっ」

俺は眉をひそめた。

ラードーンがなんか楽しげにからかってくる感じの口調なのが、更に恥ずかしかった。

二回目の魔法バカは、そう言われてもしょうがないものがある、と、納得せざるを得なかったのだった。

.173

ピュトーン。

確かにその名前は初めて聞くけど、ラードーン、デュポーンと肩を並べる「三竜戦争」のもう一頭の竜だという事はずっと前から知っていた。

『好奇心にしてもだ』

「え？」

スャ……
スャ……

『お前の好奇心は魔法に全振りしているものな。普通の人間なら、我の時とまでは言わぬが、デュポーンが現われた時点で残りは？　と気になる所だ』

「うっ……」

これまた何も言い返せなかった。

たぶん、ラードーンの言う通りだ。

そもそもが、魔法に置き換えてみたら俺もそう思う。

サラマンダーを呼び出せて、ウンディーネも呼び出せて。

なら他にもっと精霊がいるんじゃ？　って実際思った。

そして俺は、魔法の中でも特に精霊召喚魔法を探して、最優先に覚えた。

それと同じ事だ。

……同じ事、なんだけど。

どうしてか、まったく気にならなかった。

魔法じゃないからな、ってのが素直な気持ちだけど、今はそれを言うとますますからかわれる。

俺は気を取り直して、眠り姫のような女の子――ピュトーンを見た。

「幼い感じだけど、ピュトーンも転生してるのかな、これ」

「いいや。そもそも我からしてあの見た目だろうが」

「あっ……」

そういえばそうだった。

ラードーンもデュポーンも、人間の時の見た目は幼い女の子だ。

デュポーンが「転生」してるって言ったから、ピュトーンもそうなんだって思ってた。

『ふっ、相変わらずだな、こやつも』

「そうなのか？」

『この眠りの霧は、こやつが眠っている時に自然に放出されるものだ。本人の意思にまったく関係なくな』

「意思関係ないのか」

『そして、さっき我が言った事を覚えているか？　この霧に抵抗出来たのは――』

「えっと……俺で三人目？」

慌てて思い出して、言った。

『うむ、その通りだ。我と、デュポーン。我ら以外の生物は、寝ているこやつに近づけない。近づくとみんな寝てしまうのだ』

「へえ、なんというか……平和だな」

俺は素直にそう思った。

ラードーンともデュポーンとも戦った事のある俺は、寝ている間に近づいてきた相手を眠らせてしまう――という能力はものすごく平和そうに感じられた。

『ふふっ、そう甘いものでもないぞ』

「え？　なんで？」

『こやつの睡眠期間は一定ではないのだ』

「そんなのみんな同じなんじゃ？」

『睡眠、期間、だ』

ラードーンは「期間」を強調していった。

「期間？」

『我が知りうる限りでは、最大で三年寝続けた事がある』

「三年⁉」

『うむ、ねぼすけなのだ』

「いやいや、そういうレベルじゃないだろ」

『さて、ここで問題だ』

「うっ」

俺はびく、っと身構えた。

この流れで「問題」って言われるとどうしても身構えてしまう。

魔法にまつわる問題だと分かるんだけど……。

『こやつが三年間、同じ場所で寝続けた。さて何が起きる』

「……近くの生き物も三年間寝かされた？」

『よく分かったのう』

「眠りの霧を魔法で再現できたから」

『ふふっ、なるほどな』

ラードーンは楽しげに笑った。

『うむ、正解だ。こやつが寝ている間は、近くにいる生き物、近寄ってきた生き物をすべて眠らせてしまう。そして、こやつの眠りの霧に包まれている限り起きる事はない。生き物というのは、寝ている間も体力――エネルギーを消費する。介護無しで寝たきりになれば、大抵の生き物は一週間ともたんよ』

「……」

俺はぞくっとした。

ピュトーンを見た。

こうしてみても、あどけない寝顔に見える。

丁度このタイミングに、空から鳥が落ちてきた。

鳥はふらふらと地面に「墜落」して、そのまま眠りに落ちた。

安らかに、眠っているだけ。

しかし眠りに落ちた小鳥はピュトーンが目覚めない限り寝続けてしまう。

それはもはや、死への眠りにしか見えなくて、俺はぞっとした。

「……こわいな」

『眠りというのはこういう使い方もあるのよ』

「……覚えておく」

なるべくそういう風に使いたくないな、と思った。

そして、改めてピュトーンを見た。

すやすやと眠りながら、眠りの霧を出し続けている彼女を見た。

「なあ、ラードーン？」

『うむ？』

「この眠りの霧って、広がっていくのか？」

『いいや、この範囲で固まりつづける。放っておけば害はない』

「……いや、そうだとしても偶然入ってしまう事があるからな」

俺は寝ている小鳥を見た。

「一定以上の力がないと見えないんだろ？」

『うむ』

「だったら、知らずに間違えて入ってしまう事がある」

『赤い壁でもはっていればよかろう』

国境のあれか。

それもいいんだけど。

「……起こそう」

俺はそう決意した。

このまま放っておくのは良くない。

何がどう間違えて「事故」るか分かったもんじゃない。

だから起こしてしまおうと思った。

「起こせば霧がなくなるんだよな」

『うむ、それはそうだ』

「分かった」

『……』

俺はピュトーンに近づき、肩を軽く揺すった。

「もしもーし、起きて――」

「う……ん」

ピュトーンは可愛らしい眉をそっと寄せた。

ちょっと予想外だ。

何年も寝られるってラードーンが言うから、どんな手ごわい相手なのかって思ったけど、これなら普通に起こせそうな気がする。

「もしもーし」

そのまま更に、ピュトーンの肩を揺すった。

すると――起きた。

ピュトーンはうっすらと目を開けた――。

「うるさい死ね」

「――っ！」

無造作に手を振った。

とっさにアブソリュート・マジック、アブソリュート・マテリアルのシールドを二重に展開。

物理と魔法、どっちの攻撃だったとしても対処できるように二重展開したのだが、二枚のシールドは同時に砕け散った。

「なっ！」

驚愕しつつ、地面を蹴って後ろに下がる。

「二枚とも壊れた？」

『寝ぼけているからな』

「え？」

『ほれまた来るぞ』

「――っ⁉」

ラードーンの警告に、今度は二重のシールドを多重に展開。

物理と魔法、両方とも十数枚を同時に展開。

パリパリパリパリパリーーーーン！

と、障壁が砕け散る音が立て続けにこだました。

障壁が砕けて、魔力の残滓《ざんし》がきらきらと日差しを反射している向こう側で、ピュトーンがゆっくりと起き上がっているのが見えた。

半目になっているピュトーン。寝起きの人特有のぼけっとしたしまりのない表情だ。

同時に、その目と口は、寝ぼけながらもはっきりと「怒り」が感じられるほど、つり上がって曲げていた。

「……邪魔」

ピュトーンがぼそっとつぶやいて、両手をガッと天に向かって突き上げた。

すると、彼女の小さな体から莫大な魔力がほとばしって、一瞬で爆発した。

「くっ！」

魔力の爆発をシールドでやり過ごした。

多重の衝撃で、シールドの数がぎりぎりだった。

爆発が収まった後、辺り一帯は焼け野原と化していた。

「こ、これは……」

『あやつは寝起きが悪いのだ』

「えええ!?　聞いてないよ」

『聞かれなかったからな。我は霧の事しか聞かれなかったからそれを答えたまでだ』

「うっ」

『「それはそう」とも言ったのだがな……ふふっ、やはり魔法以外はとことん苦手のようだ』

ラードーンが小声で何かつぶやいたが、正直それどころじゃなかった。

寝起きで機嫌最悪のピュトーンは完全に俺を睨んでいた。

「眠りを妨げる愚かな人間よ――死ね」

「――っ！」

今度はさっきの範囲爆発と違って、明らかに俺に照準を定めて、魔力弾を放ってきた。

パワーミサイルと同じ原理の純粋な魔力弾。

それは重く、シールドごしにずしりと、体の芯まで突き抜けていくほどの衝撃を与えてきた。

ラードーンやデュポーンと同じで、魔力の量は段違いだ。

このまま戦ってもきっと勝てない。

「――なら！　アメリア・エミリア・クラウディア」

まずは詠唱した。

詠唱しつつ、最大の数のアブソリュートシールドを多重に張って、時間稼ぎをした。

それがピュトーンの魔力弾を防いでいる間に、イメージする。

イメージはすぐに出来た。

普段から、毎日経験している事だったからだ。

「『ウェイクアップ』！」

即興で創作した魔法をピュトーンに向かって放った。

ピュトーンは冷笑した。

魔法をガードするそぶりはない。

人間の魔法なんて――ってのが透けて見える。

それが助かった。

弾かれたら更に工夫しなきゃいけなかったんだけど、受けてくれるのならありがたい。

新魔法・「ウェイクアップ」はピュトーンに当たった。

直後――ピュトーンは目をぱちくりさせた。

あれだけあった殺気がみるみるうちにしぼんでいった。

「……あれぇ？」

と、殺気とはうってかわって、とろけたような口調でつぶやき、まわりを見回した。

『ほう？』

「眠気を吹っ飛ばす魔法だ。寝起きが悪いって話だから、これでいけるって思ったんだけど、本当に寝起きが悪いんだな……」

まったく殺気のなくなったピュトーンと、一瞬で焼け野原になったまわりを見回して、俺はちょっと苦笑いした。

「そうだ！」

俺はパッとかけ出した。

ピュトーンの近く、さっきまで俺もたっていた場所に駆け寄った。

「良かった、無事だ」

『うむ？　それは……さっきの小鳥か』

「ああ、シールドの半分を割いたけど、守れて良かった」

『そうか、さすがだな』

「アブソリュートシールドが強かったからな」

『ふふっ、そうだな。そういう事にしておこうか』

「？」

ラードーンが何やら歯にものが挟まったような物言いをしたが、それを気にする余裕はなかった。

「あなた、だれぇ？」

とろけたような口調で、ピュトーンが話しかけてきたのだ。

.174

俺は戸惑った。

目の前にいるのは、どう見ても幼い、無邪気な感じの女の子にしか見えなかったからだ。

「えっと……」

「……？」

「リアム・ハミルトン」

「そっかー。あたしはピュピュ、よろしくね」

「ぴゅ、ピュピュ？」

「うん」

「……えっと」

目が泳いだのが自分でも分かった。

自分の中にいる、ラードーンに助けを求めた。

『……』

ラードーンからの返事はなかった。

そこにいて、この状況を見ているのは気配で分かるのだけど、救いの手を差し伸べてきそうな気配はまったくない。

なら、まずは――。

自分でこの状況をどうにかしなきゃいけないんだと観念した。

「えっと、まだ眠い？」

俺はまずそれを聞いた。

眠りのガス、寝起きの悪さ。

どれをとっても、ピュトーンがまだ眠いかどうかをまず確認するのが最優先事項だと思った。

「ううん、全然。すごくすっきりさわやかだよぉ」

「そうか、それなら良かった」

「……あれぇ？」

「ど、どうした」

ピュトーンは急に何かに気づいた様子で、俺に近づいてきた。

つま先が触れあう位の至近距離まで近づいてきて——スンスン、と鼻をならして俺の匂いを嗅《か》いできた。

「な、何？」

「ラーちゃんの匂いがする。なんでぇ？」

「ラーちゃん……ラードーンの事か」

「うん。あっ、もしかしてラーちゃんに噛まれたとか？」

「物騒すぎるぞ⁉」

なんでそんな発想になるのかとびっくりした。

ラードーンに噛まれる——俺の頭の中で、元の姿に戻ったラードーンに頭から丸かじりにされる、そんな光景が浮かび上がってきた。

「噛まれてないの？」

「噛まれてない」

「えー、でもでもぉ、ラーちゃんの匂いが……あれれぇ？」

「こ、今度はなんだ」

「デュデュの匂いもするよ？」

「デ、デュデュ……って、デュポーンか」

「うん」

「どうして二人の匂いが同時にするの？」

「えっと、説明するのは難しいけど、今はラードーンとデュポーン、二人と仲良くしてるんだ」

「そうなのぉ？」

「ああ」

「何万人死んだのぉ？」

「どういう事⁉」

ノータイムで、けろっとした顔で返ってきた質問に、俺はこれまたノータイムで脊髄反射並みに突っ込んだ。

声が裏返ってしまう位の勢いで突っ込んだ。

「ラーちゃんとデュデュが一緒にいるって事はぁ、色々あって何万人死んでるはずだから」

「お前らの関係どんなんだよ⁉」

声が裏返るほど突っ込んだ。

いや仲が悪いのは知ってるけど、そんなレベルで仲が悪いの？」

……あっ。

「三竜戦争……」

その言葉を思い出した。

それはあくまで人間側が作った言葉で、実際はラードーン、デュポーン、そして目の前にいるピュトーン、この三頭の竜の「ケンカ」でしかない。

それでも、人間視点からしたら「戦争」に見えてしまうくらいデカいもの。

戦争、って考えれば、何万人死んだ？　というピュトーンの質問もそんなにおかしい物ではなかった。

「……」

「な、なんだ？」

俺が納得している間にピュトーンはじっと俺の事を見つめていた。

「仲良くしてるのぉ？」

「え？　あ、うん」

「あなたのおかげ？」

「そう、かな？」

曖昧に頷いたけど、なんだか自信がない。

俺のおかげ……なのかな。

などと、困惑していると。

「むっ！」

魔力の波動を感じた。

パッと空の彼方を向く。

この波動――デュポーンか！

空の向こうから、ものすごい速度でデュポーンが飛んできた。

デュポーンは、飛んできた勢いでタックル気味に俺に抱きついてきた。

「ダーリン‼」

「うわっ！」

タックルされた勢いでたまらず尻餅をついてしまう。

それでも勢いが殺しきれなくて、シールドを張って体を守った。

それで体にダメージはなかったけど、殺しきれなくて周囲に逃れた力が、俺を中心に半径一〇メートルくらいのクレーターを作り出した。

「ダーリン大丈夫？」

「え？」

そのクレーターの中心で、タックルしてきた姿勢のまま、俺の腰にしがみついたままのデュポーン。

彼女は上目遣いで、俺をじっと見つめてくる。

心配そうな表情だ。

「大丈夫って？」

「ダーリンの傍に良くない力を感じたから飛んできたの」

「良くない力……」

俺はピュトーンの方を見た。

彼女は相変わらずのポワポワした感じでこっちを見つめて――いや。

眺めている。

「ピュトーン⁉」

「あー、デュデュだー」

「あんたなんでここにいるのよ」

「なんかね、ここがすごく寝心地良かったのぉ」

「寝心地が良かった？」

「うーん、なんでだろ、すっごく暖かかったのぉ。いいにおいがして、ふかふかしてて」

ピュトーンがそう言うと、俺は空を見上げた。

いいにおい……ふかふか。

その言葉からは、うららかな陽気――と言うのを連想したけど、今日の天気はそこまでじゃなくて、そもそも野外だからふかふかしてるって言うのもよく分からない。

俺は分からなかったけど。

「くんくん……なーんだ、そういう事か」

デュポーンは鼻をならして何かの匂いを嗅いだ後、納得した。

「ダーリンの匂いじゃん」

「だーりん？」

「そう、ダーリンの匂い。今ので強くなったじゃん？」

「すんすん……本当だぁ」

デュポーンに言われて、同じように鼻をならして匂いを嗅ぐピュトーン。

たちまち顔がほころんで嬉しそうになった。

「あなたの匂いなのぉ？」

「え？　そ、そうなのか？」

俺はデュポーンに視線を向けて、聞いてみた。

「匂い」という言い回しを持ち出したのは彼女だから、彼女にそれを聞いた。

「そだよー」

「俺には感じないけど……どんな匂いなんだ？」

「あっ、そっか人間には分からないか」

「そういうものなのか？」

『いいや、お前になら分かる』

「ラードーン？」

俺は首を傾げた。

それまで沈黙を守り続けていたラードーンが俺の心の中で口を開いた。

「俺には分かるって、どういう事だ？」

『我らが言うその「匂い」とは、魔法を行使した後の魔力の残滓だ』

「魔力の残滓……あれか」

俺はなるほどと頷いた。

魔力の残滓というのは、今までも結構出てきた言葉だ。

具体的な生成物もある。

別名ブラッドソウルの、魔晶石だ。

そして、今となっては「リアムネット」って呼ばれているあれを代表する、町のインフラを動かすのもその魔力の残滓だ。

「なるほど、それをお前達は匂い、って呼んでるのか」

「えー、そんなの嘘だよぉ」

俺が納得した直後に、ピュトーンがそれはないと否定してきた。

口調こそ彼女らしくぽわぽわした物だけど、内容はかなり断定したものだった。

「嘘って？」

「だって、人間一人がそんな匂いだせるわけないよぉ」

「本当だもん、ダーリンの匂いだもん」

「うそだぁー」

「むぅ……ねえダーリン！」

ピュトーンの否定に拗《す》ねたデュポーン。

彼女はパッとおれの方を向いてきて。

「ダーリン、魔力は大丈夫？　まだある？」

「え？　まだある……けど」

「分かった！」

デュポーンは頷いた――直後。

なんと！　自分の右手で左手を掴んで、引きちぎってしまったのだ！

左腕が肩から丸ごとちぎれて、大量の血が噴き出す。

「デュポーン⁉」

「戻してダーリン」

「――っ！」

一刻の猶予《ゆうよ》もなかった。

俺はとっさにほぼ全魔力を練り上げて――。

「『タイムシフト』！」

ほとんど全魔力を使って、時間を三秒巻き戻した。

すると、デュポーンが自分の腕を引きちぎる直前に戻った。

だが、既に彼女は自分の左手を掴んでいる。

俺はとっさに彼女の手を掴んだ。

「もういい、戻ったから」

「うん！」

デュポーンは満足して、満面の微笑みを浮かべた。

まったく躊躇《ちゅうちょ》なく自分の腕を引きちぎった彼女は、俺がすぐにタイムシフトで時間を巻き戻した後だとすぐに理解した。

そして、そのままピュトーンの方を向いた。

「これでどう？」

「くんくん……ほわぁ……」

デュポーンに言われて鼻をならしたピュトーン。

たちまち、マタタビを嗅いだ猫みたいになっていた。

「本当だ、匂いが濃くなった。人間なのに……」

「でしょ」

デュポーンは得意げな、勝ち誇ったような顔をした。

一方で、「匂い」にとろけそうな顔をしたピュトーンは、俺をみつめて。

「あなたすごい……本当に人間？」

と、聞いてきたのだった。

.175

飛行魔法で帰ってきた街の入り口に、俺とデュポーン、そして連れ帰ったピュトーンが立っていた。

ピュトーンをあのままあそこに置いておくわけにもいかない事もあり、またピュトーンが俺に興味を示してきた事もあって、彼女を街に連れ帰ってきたのだ。

「あれぇ、変な街」

入り口に着地するなり、ピュトーンが街を見て不思議そうに小首を傾げた。

「変な街？」

「うん、見た事のないような仔がたくさん」

「見た事のないような仔……」

俺は同じように街を見回した。

すっかり増えた建物、行き交う魔物達。

見た事のないような仔、というのはどういう事なのかと首を傾げた。

「これ、なんていう仔？」

「ひゃう！」

ピュトーンは近くを通り掛かった、エルフの一人を髪をつかんでひきとめた。

いきなり髪をつかまれた仔は盛大にびっくりして、こっちをむいた。

「リアム様？　え？　この仔は？」

「ごめんな。えっと、彼女の事を放してやってくれないか」

「これ、なんていう仔？」

「え？　確かケレンって名前だったと思うけど」

「覚えててくれたんですかリアム様⁉」

「だってつけたの俺だし」

「――っ！　嬉しいです！」

ケレンは感動した。

一方で、ケレンをじっと見つめたピュトーンは、ぼそりと一言つぶやいた。

「ケレンって魔物、聞いた事がないよぉ？」

「え？　ああちがうちがう。彼女はエルフだ、個人名がケレンって意味だ」

「え？　魔物に自分の名前があるって事？」

「ああ」

「なんでぇ？」

「なんでって」

「ふふん、そこがダーリンのすごい所なのよ」

一緒に戻ってきて、このやり取りの間も黙って俺と腕を組んだままくっついていたデュポーンが、得意げな表情で胸を張って言い切った。

「ほえぇ……デュデュがそこまでいうなんて、すごいねぇ」

間延びした口調でなかなか緊張感はなかったけど、ピュトーンはどうやら、本気で感心している様子だ。

そこに、テレフォンが割り込んできた。

声を双方向に届ける魔法、テレフォン、それが俺にかかってきた。

俺はテレフォンに出た。

「もしもし?」

『主様、今どちらに?』

「街の西の入り口あたりにいるけど」

『戻ってきていたのですね! 今からうかがいます!』

「何かあったのか?」

『はい!』

スカーレットの声とともに、足音も聞こえてきた。

テレフォンというのは、針金のない針金電話のようなものだ。

針金電話というのは、音を遠くに伝える装置だ。

地面に耳を当ててそれで遠くの音を聞く仕草はずっと昔からあった。

それを更に研究していった結果、音は何かの「物」に伝わっていくという性質がある事が分かった。

最初に使われたのは糸だった。

声を届かせる両端に糸をくくりつけて、糸に声を伝えてもらう。

それは成功したが、糸の大きな弱点に切れやすい事と、そして糸がたわんだ時には音が伝えにくいという事があった。

しかし糸の大きなメリットとして、「糸」は簡単に張り巡らせる事ができるというものがある。

そこで、切れにくい糸という事で針金が使われて、針金電話が生まれた。

針金という事は、声を届かせ合う両端は固定されると言う事でもある。

テレフォンの魔法は、固定されず、移動しながら話せるというのがいちばんの大きなメリットだ。

スカーレットは、歩きながら――こっちに向かってきながら話している。

『隕石の正体が分かりました』

「隕石の正体」

俺はちらっとピュトーンを見た。

ピュトーンと目があって、彼女は小首を傾げた。

『はい、それが――』

「ピュトーン、だろ」

『も、もうご存じなのですか？』

「ああ、だって今俺の傍にいるから」

『――え？』

テレフォンの向こうでスカーレットが固まったのが、声と気配からはっきりと伝わってきた。

「主様！」

直後、慌ただしい足音とともに、スカーレットがやってきた。

スカーレットは俺のもとにかけこんでくるなり。

「ピュ、ピュトーン様。いえ竜様はどこに」

「彼女だよ」

俺はピュトーンを指差した。

スカーレットはピュトーンを見た。

「なあに？」

ピュトーンはふわっとした口調のまま、首を傾げてスカーレットを見つめ返した。

「こ、この少女が……？　――はっ、ラードーン様、デュポーン様と似たようなお姿！　では本当に？」

「そうらしい――なあ、デュポーン」

「うん、ダーリンの言うとおりだよ」

「す、すごい……」

スカーレットはますます驚いた。

他ならぬデュポーンが言うのだから、って感じだ。

三竜戦争。

その言葉を俺が初めて聞いたのはスカーレットの口からだった。

そしてこの街も、もとを正せばラードーンが残した「約束の地」だ。

俺よりも遥かに、スカーレットはラードーンら「三竜」に思い入れがある。

そんな彼女は、まじまじとピュトーンを見つめている。

そんなスカーレットにまじまじと見つめられていたピュトーンだったが、彼女は急にあくびをしだした。

「……ねむいぃ」

「え？」

スカーレットは肩透かしを食らったような表情になった。

「ちょっとお休みするねー」

「まずい」

「リアム様？」

『ウェイクアップ』」

俺はとっさに、ピュトーンに魔法をかけた。

さっき開発したばっかりの、眠気を取り除く魔法だ。

魔法はちゃんと効いて、一瞬で眠りに落ちそうだったピュトーンの顔から眠気が綺麗さっぱり吹っ飛んだ。

「ふぅ……」

俺はホッとした――が。

「うぅ……眠くないぃぃぃい。寝たいのに眠くない！」

確かに眠気は吹っ飛んだが、それを上回る悪い予感がピュトーンの顔から読み取れた。

「ど、どうしたんだピュトーン」

「寝たいの！」

ピュトーンは地団駄《じだんだ》踏んだ。

ただの地団駄じゃなかった。

ピュトーンが足を踏み下ろした途端、地面――いや大地がひび割れた。

「きゃあああ！」

「な、何⁉」

その場に居合わせたスカーレットとケレンが地割れに飲み込まれた。

「ノーム！　二人を助けろ！」

俺はとっさに、土の精霊ノームを呼び出した。

ノームによって割れた地面がつながれて、スカーレットとケレンは落下せずに済んだ。

「あちゃー、こうなっちゃったか」

地面が割れた瞬間に飛び上がった俺、その俺にしがみついてるデュポーンがピュトーンを眺めながらそうつぶやいた。

「どういう事なんだ？」

「あの子昔からそうなの。眠い時に寝ないと機嫌が悪くなるのよねー」

「そ、そんな」

「そういう所が人間くさくてどうにも好きになれなかったんだよねー」

デュポーンは他人事のように言い放った。

くっ、そうだったのか。

「さっきも同じようにやったんだけど、その時は大丈夫だったぞ」

「大丈夫だった？　寝起きだったとかかな、寝起きだとちょっとは落ち着きやすいんだよね」

「くっ」

その場にいなかったのに、まるで見ていたかのように状況を言い当てるデュポーン。

旧知のデュポーンがそう言うって事は、昔からそういうキャラだったって事なんだろう。

なら――寝かせるしかない。

そうと決まれば簡単だ。

「アメリア・エミリア・クラウディア――スリープ」

詠唱で限界まで魔力を高めて、ピュトーンに眠りの魔法をかけた。

「なにするのぉ!!」

ピュトーンは怒った顔で抵抗しようとするが、

「あー、ありがとー」

俺がかけたのが眠りの魔法だって事が分かると、すんなりとそれを受け入れた。

そして、ふらっ……とその場で倒れ込んで、たちまち可愛らしい寝息を立て始めた。

地団駄程度で大地を割ったのと同一人物とはとても思えないような、安らかな寝顔だ。

それは見ている人間に安堵感を与える寝顔だったのだが。

「まだだ――アイテムボックス！　ダストボックス！」

俺はピュトーンのまわりに、二種類のボックスを出した。

直後、ピュトーンから眠りの霧が漏れ出したが――それはボックス・異空間に吸い込まれていった。

「わっ、すごいねダーリン。これ上手いやり方だよ」

「……ふぅ」

とりあえずこの場はなんとかなって、俺は心からホッとしたのだった。

.176

ピュトーンを宮殿に連れてきた。

ラードーン、デュポーンと同等の存在なんだから、どこか適当なその辺――というわけにはいかないので、俺の家になってる宮殿に連れて来た。

ここなら俺のテリトリーだし、部屋はたくさん余ってるから問題ない。

その中の一つ、ベッドが置かれてる部屋に連れて来て、起こさないように丁寧に寝かせた。

「ふみゅ……もう食べられないよぉ」

「何を食べてるんだか」

可愛らしい寝言に俺はちょっと苦笑いした。

「この子はマグマが好きだよ。デザートなんだけど」

「本当何くってるんだよ!?」

一緒についてきた、デュポーンの暴露に思いっきり突っ込んだ。

「本当にマグマ食べるの？」

「うん、あっ竜の姿の時だけどね。人間の姿の時は激辛が好き」

「まだちょっとあれだけど普通に落ち着くのな」

「唐辛子の丸かじりとか好きだったっけ」

「激辛好きにもほどがある！」

俺はまたまた突っ込んだ。

「むにゃむにゃ……」

寝顔はすこぶる可愛らしい女の子、ちょっとお姫様風にも見えるのに、いちいちすごいやつだな。

ふと、俺は気づいた。

一緒についてきたスカーレットが、部屋の入り口の近くで唖然《あぜん》としている事に。

「どうしたスカーレット」

「ゆ、夢みたい」

「え？」

「神竜様達が一緒にいるところをこの目で見られるなんて」

「ああ」

俺はなるほどと頷いた。

竜――「神竜」にただならぬ感情を抱いてたスカーレットだからな、そりゃこうもなるか。

「わ、私に何か出来る事はないだろうか」

「出来る事？　そうだな……」

俺は少し考えた。

寝ているピュトーンを見つめながらかんがえた。

ピュトーンが寝ている横で、アイテムボックスとダストボックスがある。

二つのボックスが、相変わらずピュトーンの体から出続けている眠りの霧を吸い込んでいる。

スカーレットに「何ができる」って言われなくても、いずれはなんとかしなきゃいけないって思ってたものだ。

「そうだな……じゃあ、枕を作ってくれ」

「枕、ですか？」

「ああ。デュポーン、彼女に枕を作るとしたら、どういうのが好きそうなんだ？」

「そうだね、可愛らしいのじゃない。こうフリフリしたちっちゃい女の子っぽいの」

「だそうだ。そういうのを作ってくれ」

「はあ、枕、ですか」

スカーレットは頷きつつも、なんでそれを、と言わんばかりの反応だ。

確かに今ピュトーンは寝ている。

そこから繋がる「枕」という話に、半分納得半分不思議って感じだ。

「俺に考えがある。頼む」

「……分かりました、主がそうおっしゃるのなら」

スカーレットは頷き、部屋から飛び出していった。

彼女を見送った後、デュポーンが聞いてくる。

「何をするつもりなのダーリン」

「ピュトーンはなんだかここを気に入って、住み着きそうな感じだろ」

「だねー」

「そうなるとあの眠りの霧をなんとかしないといけない。この街でみんな眠らされるわけにはいかないから」

「何日か寝たらあっさり死にそうな種族いくつもあるもんね。スライムとか」

「三日も寝たら干からびるよな」

俺は微苦笑した。

スライムは食事よりも水分の方が大事だ。

体のほとんどが水分で出来ているようなもので、三日も水分補給しなかったら間違いなく干からびてしまう。

「だから、この眠りの霧をなんとかしないといけない」

「なんとかできてるじゃん？」

「俺がずっとつきっきりでいるわけにもいかないだろ。アイテムボックスもダストボックスも、占拠されて使えないとよくないし」

「そっか。どっかに放り込んじゃえば？」

「それも考えた。アナザーワールドとかでいいんだろうけど、それも俺がなんとかしないといけない、彼女が眠りにつく度に」

「じゃあどうするの？」

「もう考えてある」

「そうなの？」

「ああ、この街にも使われてる技術でな」

俺はふっと笑った。

これまでの積み重ねがあって、すぐに、解決法を思いつく事が出来た。

☆

半日後、スカーレットが枕を持って戻ってきた。

彼女が持ってきたのは、デュポーンが提案したものそのままの、フリフリとした、可愛らしい枕だった。

天蓋《てんがい》付きのお姫様が寝るベッドによく合うような、可愛らしい枕だった。

「お待たせしました主様、これでどうでしょうか」

「どうかなデュポーン」

「いいんじゃないの？　こういうの好きだったし」

「よし」

俺は頷き、枕の中に魔晶石を一つはめ込んだ。

その枕をもってピュトーンに近づき、起こさないようにそっと枕をすげ替えた。

「よし」

俺は頷き、アイテムボックスとダストボックスをやめた。

次の瞬間、ピュトーンの体から出ている眠りの霧が、枕に吸い込まれていった。

「こ、これは」

驚くスカーレット。

「どういう事なのでしょう」

「街の中に灯してる明かりがあるだろ?」

「は、はい。魔晶石を使って、自動的に夜になれば灯る……」

「それと同じ、ピュトーンの眠りの霧を勝手に吸い込む魔法を込めた魔晶石を入れた。魔晶石を動かすのはピュトーンの魔力、あの魔力の霧だ」

「えっと……つまり」

「霧が出てる限り、霧を動力にして霧を勝手に吸い込む。二重に魔力を消費して拡散させない仕組みだ」

「おおっ！　さすが主様！　これで霧の事は解決ですね」

「そうだな。枕が気に入らない可能性もあるけど」

俺はちらっとピュトーンを見た。

彼女は相変わらず可愛らしい寝顔をしてて。

「にゅー……みんな一緒にねよーよー」

……相変わらず物騒な寝言をしているが、霧自体は二重に枕に吸い込まれてて、拡散してない。

枕が気に入らなくても、魔晶石を何か別の物に入れ替えればいいだけだから。

「とりあえず、霧の問題は解決だな」

俺は、胸をなで下ろしたのだった。

.177

次の日、俺は自分の部屋で魔力の鍛錬《たんれん》をしていた。

ピュトーンの安眠枕からヒントを得た。

まず、魔法というのは、使えば使うほど鍛錬になる。

肉体と同じだ、走り込みをすればするほど体力が鍛《きた》えられる。

しかし、魔力も体力と同じで限界がある。

使い切ってしまうと、回復するまで次の魔法を使えない。

ピュトーンの枕は、本人が放った眠りの霧を魔力にして、霧を吸い込む魔法が発動する仕組みだ。

その魔法で吸い込んだ霧を更に魔力にして、魔法の発動を維持すると言うわけだ。

それを支えるのは、「魔法の効果から魔力に還元」するという仕組みだ。

俺はそれを自分の鍛錬に使った。

今までなら、一〇〇〇の魔力では一〇〇の魔法しか出来ない。

けど、この魔力還元の方法なら、一〇〇〇の魔力から一五くらいの魔力が還元される。

その一五からも更に一〇〇分の一五が還元される。

そこから更に——。

と、途中の細かい計算は省くけど、このやり方だと最後の最後まで搾り取って一一七くらいの魔法が放てる。

鍛錬だけで考えれば、効率が断然上がる。

これだと大して差はないように見えるが、魔力回収率が今は一五パーセントで、これが五〇パーセントまで上がれば、鍛錬の効率は倍の二〇〇くらいになる。

だからそれを目指しているんだけど……。

「難しい、か」

『何がだ?』

部屋の中で一人《ふたり》っきりだからか、ラードーンはすぐに俺の独り言に反応してきた。

「ああ、回収率の事なんだ。いまは一五パーセントだけど、たぶん近いうちに二〇パーセント近くにはなる……んだけど」

『限界でも見えたか』

「ああ」

俺ははっきりと頷いた。

俺が分かった事だから、ラードーンも気づいているんだろう。

「このやり方だと最終的に三〇――いや、二九パーセントが限界だろうな」

『ほう、さすがだな』

ラードーンが俺を褒めてきた。

『うむ、その方法ではその辺が限界だろう。それ以上の回収率を上げるには真新しい術式がいる』

「やっぱりそうか……まいったな、これは」

『ふふ』

「うん？　どうした、急に笑ったりして」

『さすがだなと思ったまでよ』

「さすが？」

『この段階で限界をはっきりと言い当てられるのはさすがという他ない。すすめていって判明するのは誰でも出来るが、わずかな事実からの推測で言い当てられるのは見事だ』

「そうか」

ラードーンはどうやら俺を褒めているみたいだけど、それよりもこのやり方がいずれ袋小路に突き当たる事を知っててちょっと困った。

『まあ、頑張るが良い。一〇〇パーセントに到達出来るといいな』

「ああ、それは無理だ」

『ほう？』

「人間の肉体じゃ八七パーセントくらいが限界だと思う。ラードーン達、竜の肉体でも九五パーセントが限界だろうな」

俺は真剣に考察した。すると、ラードーンが――。

『ふっ、ふはははは』

「な、なんだ。今度はどうした」

『なんでもない』

「なんでもないって」

今の笑い方からなんでもないって事はないだろう。

だがまあ……ラードーンは楽しそうだからいっか。

『そういえば』

一転。

ラードーンは話題を変えてきた。

『この街にピュトーンも住み着いたな』

「え？　ああ、うん」

俺からすればまだ「住み着くのかな」って聞き返したい段階だけど、ピュトーンの事をよく知ってるだろうラードーンがそう言うのなら住み着く事はもう決定事項なんだろうな。

『我ら三人がそろい踏みとなったわけだ』

「そういえばそうだな」

『三竜戦争とやらの理由は気にならんのか』

「ああ、そういえば」

そんな話もあったっけな。

「いや、別にいいよ」

『ほう、なぜだ』

「終わった事だろ？」

『なぜそう思う』

「今でも続いてる話なら、かち合った瞬間にもうおっぱじめてるんじゃないのか」

『なるほど、そういう理屈か』

「間違ってたかな」

『……いいや、中らずといえども遠からず、だ』

「そうか」

大体合ってるって事か。

それならそれでいい。

「だったら別にいいんじゃないかな」

『ふふっ、お前は本当に……大物なのかただのバカなのか』

「ただのバカなのはさすがに傷つくな」

俺はそう言って、再び、魔力の鍛錬に戻った。

頭の思考を二つに分けた。

今のやり方で効率限界――二九%を目指す。

そして新しいやり方を模索する。

多重魔法で覚えたやり方で、二つの考えを同時に頭の中で動かした。

☆

「邪魔をするよ」

「し、神竜様!?」

スカーレットの部屋の中。

傍若無人《ぼうじゃくぶじん》を具現化したような態度で、デュポーンが部屋に入ってきた。

机の前に座って書き物をしていたのだが、慌てて立ち上がってデュポーンに席を譲ろうとした。

「いいよいいよ、そういうのは。話が終わったら立ち去るから」

「は、はあ……。神竜様が私にどのようなご用で」

「感づいてると思うけど、ピュトーンのヤツがこの街に来てる。間違いなく住み着くねあれ」

「は、はい」

スカーレットは小さく頷いた。

さまざまな状況から、そうであろうと言うのは彼女も分かっている。

「人間達ってさ、あたし達三人が一カ所に集まる事をどう思う？」

「それは……」

「言いにくいのならいいよ。別にせめるために来たんじゃないから」

「で、では……？」

デュポーンは出会った当初から変わらないあけすけな物言いだったが、スカーレットには果てしない威厳や威圧感のようなものを感じていた。

それは竜と人間の決して越えられない壁のような物だと彼女に強く言っているようなものだ。

「あたしが言いたいのは、政治とか外交？　根回しか。そういうのが必要なんじゃないかって事」

「……はい」

デュポーンの話を聞いて、スカーレットはハッとした。

そして、幾分か落ち着きを取り戻した様子で。

「必要かと思われます」

「じゃあやっといて、ダーリンはそう言うの、考えもつかないだろうから」

「かしこまりました。どのようにするのかは――」

「あー、人間のそういうのめんどいから分かんない。いいようにやって、任せる」

「承りました」

スカーレットがしずしずと頭を下げた。

それで伝えたい事は伝えられた、と思ったデュポーンは身を翻して、迷いのない軽快な足取りで立ち去った。

「……」

部屋に一人残ったスカーレットは、机の上にある書きかけの手紙に目を落とした。

デュポーンが今しがた言った、「根回し」のための手紙だ。

「ラードーン様と同じ事をおっしゃる……」

手紙を書き始めたのは、ラードーンのアドバイスだ。

半日ほど前、ラードーンが同じように何の前触れもなくやってきて、まったく同じ事を言っていった。

「さすが主」

スカーレットは歓喜の表情を浮かべた。

デュポーン、そしてラードーン。

二人とも、本人が決して得意ではない根回しなどが必要だと気づいて、それをスカーレットに頼みに来た。

リアムのために。

スカーレットからすれば、雲の上の存在である竜二頭。

その二頭がそろって、リアムのサポートに回っている。

献身的、と言ってもいい形だ。

スカーレットは、その事実に歓喜するのだった。

.178

「……」

「おはよう」

朝、目を覚ましたら、何者かに馬乗りされていた。

目を覚ましても頭が働かないで、しばらくぼんやりしていた。

「まだおねむさんなのぉ？」

「……」

「じゃあ、わたしもいっしょに」

そう言って、俺に馬乗りしてた人が、俺の胸板の上に顔を乗せてきた。

まるで犬か猫のような仕草。

丁度いい重さに、丁度いい温かさ。

それがほどよく眠気を誘い、俺は再び眠りに落ち――。

「――って！　違う！」

「ひゃぅ」

俺はぱっと目覚めた。

俺の上に乗っかってる子が小さな、可愛らしい悲鳴を上げた。

一瞬で覚醒した。

俺に乗っかっている子の正体を確認した。

「ピュトーン⁉」

「おはよぅ。もう起きる？」

「いや起きるというか……なんで？」

「なんでって？」

「なんで俺の上に乗っかってるの？」

「えっとねぇ、ありがとお、って言おうと思って」

「ありがとう？」

俺は馬乗りにされたまま、ベッドの上に横たわったまま首を傾げた。

「うん、まくら、ありがとお」

「ああ、それか」

俺は小さく頷いた。

「よく眠れたか？」

「うん！」

ピュトーンは満面の笑みで頷いた。

深謀遠慮タイプのラードーンと違って、明るいが「深い」所で何か腹に一物を抱えているようなデュポーンとも違う。

ピュトーンのそれは、まったく雑り気のない、純粋な感謝に感じられた。

目覚めたらいきなり馬乗りされてたから驚いたが、ピュトーンの底抜けの無邪気さに、俺はすっかり落ち着いた。

今もまだ馬乗りにされたままだけど、その事はまったく気にならなくなった。

「よく眠れたのなら良かった」

「ほんとぉ――に、ありがとね。あんなにぐっすりなのは三〇〇年ぶりくらいかも」

「相変わらずスケールがでかいな」

ラードーンにしろデュポーンにしろ。

彼女達のスケールは普通の人間を軽々と超えていく。

最近はそれがちょっと面白くなってきた。

「それはいいんだけど、もう寝るのはいいのか？」

「あとでもうちょっと寝るよ、今日はいい天気だから」

「うん？　ああ」

俺は馬乗りにされたまま、首だけ動かして、窓の外を見た。

窓から射しこまれる日差しは、すがすがしい一日になる事が予想されるものだった。

俺からすれば魔法の研究日和なんだが、ピュトーンからしたらお眠り日和って事なんだな。

どこまでもブレないピュトーンが好ましくて、ちょっとクスッとした。

「どおしたの？」

「いや、なんでもない」

「そぉ？　ねえねえ、一緒にお昼寝しない？」

「まだ朝だけど」

「じゃあ一緒に二度寝しよ」

「俺はいいよ、今日はしたい事もあるし」

「したい事？　それってなぁに？」

ピュトーンは俺の上で、ちょこん、と小首を傾げた。

「魔力の修行をな」

「魔力の修行？　どぉして？」

「どうしてって……憧れの魔法だから——」

「魔力なんて、寝てたら増えるよぉ？」

「——増えないから！　こっち人間だから！」

「どぉして？」の意味が全然想定外のもので、俺は思わず大声を出してつっこんでしまった。

「って、寝てたら増えるのかお前は」

「うん。睡眠大事だよぉ？」

「そりゃ大事なんだろうけど、普通の人間は寝てばかりいたら魔力が落ちるからなあ」

「そうなの？」

「ああ。魔力だけじゃないな、体力とかも落ちるな」

「不便なんだね、人間って」

そっちが規格外すぎるだけ、っていうのを飲み込んだ。

「ねえねえ、その修行ってどうするの？　横で寝てて邪魔にならない？」

「え？　それは大丈夫だと思うけど」

「そう？」

「ああ、今からちょっとやってみせる」

俺はそう言って、魔法を使った。

パワーミサイルの下位バージョンである、マジックミサイルを使った。

マジックミサイルを一一本――軽く魔力中枢に負荷を掛ける程度の数で打った。

マジックミサイルは俺の頭上、部屋の中を飛び回って、花火のように雲散霧消した。

霧消した後、そのマジックミサイル分の魔力を吸収して、再び使えるようにする。

それを更に使う――という。

負荷を掛ける、魔力の修行の一サイクルをピュトーンにやってみせた。

「こんな感じだが――」

「すぴぃ……」

「――ってもう寝てる!?」

（いきなり!?）

「――はっ。ごめんなさぁい。ちょっと眠くなっちゃった」

「いやそれはいいんだけど」

「でもおもしろいね。魔力を取り込んでもう一回使うなんて、そんな人はじめて見た」

「ああ……見てた事は見てたのね」

俺は微苦笑した。

てっきり寝てたからまるっと見過ごしてたもんだと思ってた。

「まあ、初めてなのはそうなんだろうな。俺が考えた魔法だから」

「へえ、魔法を作ったんだ」

「ああ」

「そうなんだ……あれぇ？」

「今度はどうした」

「なんか……肉体と魂にずれがある？」

「肉体と魂のずれ？」

俺は首を傾げた。

相変わらず俺に馬乗りしたままの姿勢で、不思議そうな表情をして見下ろしてきている。

「うん、魔法を使う時ずれてるね、なんでぇ？」

「肉体と魔法のずれ？」

「肉体よりも魂がずいぶん大きいね。わたし達と似てる？」

「魂が大きい……？　はて、どこかで聞いた事あるような……」

『我だ』

「ああ」

ラードーンが口を出してきたから、思い出した。

そうだった。

ラードーンと出会った時にも似たような事を言われてたんだっけ。

たしか――。

小さな体に大きな魂。

――だったっけ。

それを思いだしたら、すぐに納得した。

俺は転生者だ。

気がついたら、このリアム・ハミルトンという少年に転生していた。

最近は魔法を使えて、その上研究まで出来るのが楽しくて、すっかりその辺りの事が頭から抜け落ちていた。

「ねぇ、どぉして？」

ピュトーンが更に聞いてきた。

どうしてって聞かれたが、正直な所――。

「俺にも分からない」

「分からないの？」

「俺は俺だから、なんで？　って言われても分からない」

「そうなんだ」

「ああ」

「でも、それってちょうどいいかもぉ」

「ちょうどいいかも？」

何がだろうか。

「肉体からはみ出した分の魂で、わたしと一緒に寝よ？」

「はみ出した分の魂で？」

どういう意味なんだろうかと首を傾げていると。

「それなら、起きてても魔力の回復が普段よりも速いよ」

「――っ⁉」

俺は息を呑んだ。

ピュトーンの提案はかなりピンポイントに俺の心を射貫いてきた。

ぽわぽわしてても、さすが竜――と感心した鋭い一言。

「枕のお礼だよぉ、ねっ」

一も二もなく、俺は大きく頷いたのだった。

.179

「それじゃ、どうすればいいい」

「このまま寝ればいいよぉ」

「このままか」

俺はちらっとまわりを見た。

目覚めてからずっとベッドの上にいたままだ。

ピュトーンに馬乗りにされているのもあって、目覚めてからベッドを降りてすらいない。

このまま二度寝をする感じでいいのかな。

そう思っていると、ピュトーンは俺の上から退いた。

「ピュトーン?」

何事かと思えば、彼女は流れるような動きで、俺の腕を若干ずらして、そこに腕枕をした。

「それじゃあ、おやすみぃ～」

そう言って、ピュトーンは静かにまぶたを閉じた。

小柄な彼女は、俺の腕を枕にして、一瞬でまた眠りに落ちた。

呆れるほどの寝付きの良さだ。

「おっと」

寝た瞬間、ピュトーンの体からまた眠りの霧が漏れ出した。

俺は慌てて、魔法を使って眠りの霧を吸い込んだ。

枕を持ってないからなあ、霧を吸い取るパジャマでも作ってやるか。

うーん、それでも着てないときに普通に寝ちゃうかな、ピュトーンは。

その辺も踏まえて、もっと何か考えた方がいい、と俺は思った。

そのまま目を閉じる。

俺はピュトーンほど寝付きが良くなかったけど、魔法がある。

すぐに眠りに落ちないと悟ると、スリープの魔法を自分にかけた。

かけた後すぐに眠気が襲ってきたが――ピュトーンの眠りの霧を使えば良かったじゃん、と思った。

そこで――意識が途切れた。

☆

めをあけると、そこはじぶんのへやだった。

「……」

めをあけて、まわりをみる。

からだをおこそうとして、おきあがれない。

なんでこんな事になってるんだろう。

あたまがぼうっとして、はっきりしない。
うでがなんだかおもかった。
うでのほうをみた。
ぴゅとーんが、おれにうでまくらされていた。
「ああ」
おもいだした。
かのじょといっしょにねたんだった。
あたまがぼうっとしてるのは、ねてるからなんだな。
ぼうっとしててうまくあたまがまわらない。
なんのためにかのじょといっしょにねているのかもよくおもいだせない。
どうすればいいんだろう、これ。
『魔法を使えば良いのではないか』
「まほう」
らーどーんのこえがきこえた。
『そうだ、まほうならとくいとするところだろう?』
「まほう」
おれはすこしかんがえた。
そういう事なら、めがさめるまほうだな。

おれはふかくかんがえないで、めをさますためのまほうをつかった。

☆

「……また天井だ」

目を開けた瞬間、見えたのは見慣れた天井だった。

そして、腕に重みを感じた。

腕枕しているピュトーンは、無邪気な顔ですやすやと寝ている。

まるで天使のような寝顔は、出会った時からまるで変わっていない。

『起きたか』

「ああ、ありがとうラードーン。アドバイスしてくれたんだな」

『なあに、面白かったぞ。思考能力が低下しながらも魔法だけはすぐに思いつくのがお前らしくて面白かった』

「あはは……」

褒められてるのか微妙な所で、俺は微苦笑した。

『して、どうだった』

「そうだな……さっきの事は、まるで夢のようだった。ぼんやりして、自分のようで自分じゃない。今思い出そうとしても大半が指の隙間から水がこぼれるかのように思い出せない……………うん、夢だな」

『そうか。しかしお前は確かに動いていた。そして魔法も使えて、魔法に関する思考能力も残っていた——魔力はどうだった』

「ああ、それは間違いない」

俺ははっきりと頷いた。

大半の記憶が夢のようにこぼれ落ちていても、それだけははっきりと体が覚えている。

「普段よりもはやいペースで回復してた、あれがピュトーンが言ってた奴だな」

『そうか。良かったではないか』

「……」

『どうした、素直に喜ばないのか？』

「ラードーンは見てたから分かると思うけど、あれは起きてはいるけど、思考能力が低下しすぎて何も出来ない。あれなら素直に全部寝てしまった方がいい」

『ほう』

「……いや、違うな」

俺は腕枕したまま、天井を見あげたまま考えた。

目の先に映っているのは天井だが、頭に浮かんでいるのは魔法の事だった。

「さっきの奴……割合にすると七割くらいが寝てた」

『ふむ』

「なら、割合を調整すれば実用レベルになるんじゃないのか」

『ほう、面白い目のつけ所だな。やれるのか？』

「やってみる」

俺はイメージした。

ピュトーンに誘われた夢の世界。

魂の七割が寝ていて、三割だけが起きている状態。

その、感覚。

その感覚を思いだしつつ、イメージして魔法に落とし込む。

「【ヘミスフィア】」

☆

「……」

何度目の目覚めだろうか——四度目か。

俺は天井を見あげながら考えた。

横には相変わらず、ピュトーンがすやすやと寝息を立てている。

そして俺も——魔力は普段よりも回復が速い。

さっきほどじゃないが、それでも普段起きている時より回復が速い。

「……」

『起きているのか？』

「……」

俺は答えようとした、が言葉が出てこなかった。

ああ、そうだった。

言葉をカットしたんだ。

魂がもつ能力というか、機能というか、そういうのを限定的にカットして、その分だけ眠りにつかせた。

言葉とか嗅覚とか、なくても致命的じゃないものをカットして、五対五くらいの割合で自分の魂を眠らせた。

これなら、半分眠らせてもぎりぎり日常生活を送れそうだ。

『ふふっ、相変わらず面白い事を考える。それを魔法で実現できるのもさすがだ』

ラードーンは、楽しそうな声を出していた。

.180

あくる日の昼下がり。

俺は街をぶらついていた。

俺の日常は大きく分けて二つ。

家の中で魔法の修行をするか、街に出て散歩をするかのどっちかだ。

憧れの魔法の修行に没頭したいという気持ちは強いけど、街に出て魔物達の生活を自分の目で見ていると、ふとした事から魔法のインスピレーションを得る事がかなり多いから、ちょこちょこうして散歩している。

今日もそうやって、町中を歩いている。

「りあむさまりあむさま」

「さんぽ？　さんぽならいっしょ」

歩き出してから一分足らずで、スライム・ドスのスラルンとスラポンが俺を見つけて、よってきた。

俺の傍でぴょんぴょん跳ねつつ、からだを寄せてくる。

小型犬が飛びついてじゃれつくような感じで、「もっとかまえ」「もっと愛でろ」って言ってるような感じがして愛くるしいと感じる。

「いいぞ、一緒に行こうか」

「わーい」

「りあむさまだいすき」

スラルンとスラポンを加えて、散歩を続けた。

歩いていると、スラルンとスラポン以外にも、魔物達は俺の顔を見る度によってきて、話しかけてきた。

歩いて、とまって、話して、また歩き出して――。

それを繰り返していると、道の向こうからギガースがやってきた。

ガイだった、彼は気絶しているっぽい人間を肩に担いでいた。

「主！　散策中でござるか」

ガイは俺を見て、笑顔で駆け寄ってきた。

「ああ……その肩に担いでいるのは？」

「うむ、我が国に侵入してきた間者でござる。これから牢屋に放り込んでくるでござる」

「間者？」

「さよう」

ガイは大きく頷いた。

「何をどうやってか、少数で主の結界を越えてくる者達がいるのでござる。連中は決まってこそこそしているので、こうして捕らえているのでござるよ」

「へえ……そうなんだ」

「最近は数も増えてきたでござるから、牢屋を増築しないとあぶれてしまうでござる」

「増えてきたのか」

「さようでござる」

ガイがはっきりと頷いた。

「デュポーンどのが来たあたりで少し増えて、ピュトーンどのが現われてから更に増えたでござる」

「へえ」

「レイナが言ってたでござる、人間どもはよほど三竜の事が怖くて、どうにか情報をほしがってる、と」

「そうなんだ」

それは初耳で、ちょっとびっくりしていた。

☆

「この国の最大の強みがそこなのでございます」

その日の夜、宮殿の中の大食堂。

広い食堂の中、エルフメイドの給仕を受けつつ、向き合う俺とブルーノ。

訪ねてきたブルーノと食事をしながら、ガイが間者——スパイを捕まえてそれで牢屋があぶれそうになってる事を話すと、ブルーノは真顔でそんな事を言ってきた。

「最大の強みって……どういう事なんだブルーノ兄さん」

「この国の情報が外に漏れないのです」

「情報」

おうむ返しにその言葉をつぶやいた。

「陛下も、屋敷で暮らしていたころ、どこそこの国で何々が起きた。という噂を耳にした事がおありかと思います」

「ああ、あるな」

俺ははっきりと頷いた。

ハミルトンの屋敷だけじゃなく、リアムになる前――つまり前世にもそういう事がよくある。

「そういったものが、この国――リアム＝ラードーンにはまったくないのです。この国の住民はみながら魔物、そして陛下に忠誠を誓っております。魔物達が情報を漏らす事もなければ、ガイ殿とクリス殿が片っ端からスパイを捕まえているので情報はまったく漏れません」

「へえ」

「余談ですが、今まで捕まったスパイが一人も解放されてませんので、この国へ潜入したものは生きて帰れない、と言われております」

「そんな事を言われてるのか⁉」

ブルーノの言葉にびっくりした。

潜入したものは生きて帰れない……。

自分に関連する事でそう言われてたなんて……なんか複雑な気分だ。

「ですので、わたくしの所にもよく、情報を売ってくれという人間がやってきます」

「そうか、兄さんは俺と取引をしてるもんな」

「はい。おそらくは、唯一自由にこの国への出入りが許されてる人間――だと思われてます」

「そっか」

こっちの話は、なんだかちょっとだけ面白かった。

「でも情報って売れるんだ。なにか教えた方がいい事ってある」

「え？」

「え？」

ブルーノがきょとんとなった。

なんだ、この反応は。

「どういう意味なのでしょうか、陛下」

「だって情報を売ってほしいんだろ、兄さんを訪ねた人達。兄さんはそれを売ってお金にできるんだろ？」

「ん？」

「め、滅相もございません。陛下を裏切るような事は致しません」

裏切る？

なんでそんな事になるんだ？

『あまり兄の事をいじめてやるな』

「え？」

ラードーンが会話に割り込んできて、俺は戸惑った。

「どういう事だラードーン」

『その男が他のにんげんにお前の情報を売るというのは、お前を裏切る事と同義なのだ。人間の世界ではな』

「そうなるのか」

俺は少し考えた。

「でも、別にいいんじゃないか？　別に知られて困るような事はあまりないし」

『ふむ？』

「情報って言われても、別に知られて困るような事はあまりないし」

『さて、どうだろうな』

「兄さん、情報を売ってくれって言ってきてる人は、どういう情報を欲しがってるんだ？」

「それは……ほとんどが陛下のお力の事を」

「なるほど」

「この国は陛下がお作りになった、陛下の魔法で発展した。そういうイメージだけは伝わっているため、陛下の魔法がどれほどのものか、というのを知りたがるものがほとんどです」

「そっか。じゃあそれ、兄さんがお金に換えていいぞ」

「え？　良いのですか？」

「ああ」

俺ははっきりと頷いた。

『いいのか？』

「ああ、だって知られても別に困らないし。というか俺の魔法の事だろ？　兄さん」

「はい」

「だったら、俺の魔法は日々変わったり新しくなったりしてるから、渡るのはどうせ古い情報だし、別に問題ないよ」

「……」

『……』

言った後、何故かブルーノとラードーンが同時に黙ってしまった。

「どうしたんだ？」

「い、いえ……さすが陛下だと思いました」

「え？」

『ふふっ、その男はお前の器の大きさに驚いているのだ』

「はあ……」

器の大きさ、か。

今の話でなんでそうなるのか分からないけど。

ブルーノがまだちょっと遠慮してる風だったから。

「遠慮しないで金に換えていいぞ、兄さん」

と言ってやった。

.181

「主！　ただいまでござる」

いつものように町中をぶらついていると、街の外から戻ってきたガイらギガース一行と遭遇した。

「ガイ！　どうしたんだ、血まみれじゃないか」

俺は小走りでガイ達に駆け寄った。

ギガースのたくましく力強い体のいたる所に返り血がついていている。

――が、本人達は至って元気だ。

ちなみに返り血をたっぷり浴びている姿をまわりが驚く様子はほとんどない。

ここは魔物の国、住民は九九パーセントが魔物だ。

多少の返り血を浴びた所で驚く魔物はほとんどいない。

人間の街ではまず見られない、返り血を浴びた大男達と平然と町中で立ち話をする光景になった。

「おっと、これでござるか。なかなかに手ごわい連中だったから手を焼いたでござるよ」

「ケガはないの？」

「なあに、かすり傷程度でござる。酒を飲めば治る程度の物でござるよ」

「そっか」

俺はちょっとホッとした。

ガイのそれは強がりとかそういったものじゃなくて、本気で「酒を飲めば治るぜヒャッハー」的な感じだった。

ギガース達（一部の人狼もそうだけど）は、闘争心がめちゃくちゃ高い。

戦闘中に負った多少なケガならむしろそれでテンションが上がる事が良くある。

今もそうみたいだ。

「それにしても、ガイにケガを負わせるなんて、相手はよっぽど強かったのかな」

「個々の力はたいした事ないでござるが、戦術が素晴らしかった」

「そうそう、気がついたらいつも三対一とか五対一になってた」

「俺は気づいたら常に囲まれてたぜ」

「面倒臭いけどその分、歯ごたえあったな」

他のギガース達が口々に感想を言い合った。

総じて、戦う事が大好きなギガース達が満足する相手だったみたいだ。

それは逆に言えば、結構な強敵だったという事だ。

「……分かった――【ダストボックス】」

俺は少し考えた後、魔法で異次元空間を開いた。

そこから熟成させた酒を取りだし、ガイに渡す。

「ご褒美、みんなで飲んで」

「おお！　かたじけないでござる」

ガイがそういい、まわりのギガース達が一斉に歓呼を始めた。

そんなギガース達が酒場のある方角へ消えていくのを見送った。

☆

「調べてみました所、ガイ達が撃退した相手は『ティエーレ』である事が判明しました」

その日の夜、宮殿の執務室。

俺の前でメイド姿のレイナが書類に目を落としつつ、報告をしてくれた。

ガイ達の話が気になって、レイナに調査をさせたのだ。

「ティエーレ？」

「国家の名前です。傭兵《ようへい》国家ティエーレ。我が国から少し距離がありますので、今まで関わりあいがありませんでしたが」

「傭兵国家？　それって、傭兵が多いからって事？」

「国民の半数近くが傭兵との事です」

「そんなに!?」

俺はびっくりした。

「傭兵国家」という言葉から想像したものよりもワンランク上のものだ。

「どうしてそんなに傭兵ばかりなの？」

「すみません、そこまでは……」

レイナが申し訳なさそうに答える。

『痩せた土地だからだろう』

「ラードーン？　痩せた土地ってどういう事？」

俺の心の中から語りかけてくるラードーン。

俺が驚きつつ聞き返し、レイナも驚きながら（聞こえてないけど）聞く体勢にはいった。

『人間どもの最古の職業が何かしっているか？』

「最古の職業……娼婦って事？」

なんか聞いた事のある知識で答えた。

『うむ、それは女の方だな。男は何になっていたと思う？』

「えっと……ごめん、分からない」

すこし考えたが、まったく分からないから素直に分からないと答えた。

『傭兵だ。女の娼婦と同じでな、体一つでやれる仕事。最悪弾よけとしてやれるものだ』

「へえ、そうなのか」

俺は素直に感心した。

傭兵が最古の職業だなんてちょっと面白いな。

「……それってつまり、むかしから人間は戦い続けてきたって事なのか」

『そういう事だ。人間は三人集まれば派閥が出来る。部族まで出来てしまえば縄張り争いが生まれる。そこに軍事力がどうしても必要となり、傭兵のような商売が成り立つようになる』

「なるほど」

『傭兵国家。身一つで出来る商売に国民の大多数が身を投ずるという事は、国そのものが持っている土地が痩せているという事なのだろう』

「ほかで喰っていく事が出来ないから、か」

『そういう事だ。ふふっ、この国も途中で一つ間違えればそうなっていたのかもしれんな』

「むむむ……」

ラードーンのいうそれを割と簡単に想像出来てしまった。

この国は魔物の国。

魔物は人間よりも個々の力――武力に長けている。

土地の豊かさ貧しさと関係なく、人間の国よりもそういう【傭兵の国】になる可能性が高いのは言われるとすぐに納得した。

「それはいいけど……なんでそのティエーレがちょっかいを出してきたんだ？」

『それは知らぬ。我が知っているのは知識。情報は知らぬ』

「レイナ、なんか分かる？」

水を向けると、それまでじっと話を聞く体勢をしていたレイナが答えた。

「申し訳ございません。そこまでは」

「うーん、じゃあ調べて。この国から離れてるのに襲ってくるのは気になる。傭兵だというのなら、どこかに雇われているだろうし」

「承知致しました、探ります」

レイナが深々と一礼して、執務室から出て行った。

『まあ、三カ国のどれかであろうな』

「そうなの？」

『常識的に考えればな』

「うーん」

俺は頭をひねった。

ラードーンの口ぶりはほとんど断定しているようなものだ。

彼女はよほどの事がない限り断定口調でものを言わないし、言う時はほとんど確定している時だ。

つまり、ラードーンの言う通り、三カ国のどれかが裏についているんだろう。

……ん？

「待てよ」

『どうした』

「三カ国以外の可能性もあるって事か」

『……なぜそう思った』

「だって、ラードーンは『常識的に考えて』って言った」

『うむ、言ったな』

「『間違いなく』って言わなかった。だったら、そうじゃない可能性もあるって事だろ」

『それだけで判断したのか』

「今までの経験があるから。こういう言い方をする時、俺に何か考えさせたい時なんだ」

俺の答えを聞いて、一呼吸置いた後、ラードーンが大笑いした。

声しか聞こえなくて、表情とかまるで分からない反応だが、それでもラードーンがものすごく楽しそうにしてるのが分かるような大笑いだった。

「間違いだったか？」

『いいや、合っている。その通りだ。今回のはあくまで推測、確証はない』

「そうか」

『もっともほぼ間違いないがな』

「でも一〇〇パーセントじゃない」

『そういう事だ』

「だったら、そこらへん確定させちゃった方がいい」

『どうするのだ？』

「ガイとクリスに、次ティエーレの傭兵と戦った時にリーダー格の人間を捕まえるようにいっておく」

『そいつをどうするのだ？　拷問にでもかけるか』

「魔法を使う」

俺は頭の中でイメージした。

イメージしつつ、目の前で魔法陣を組み立てていく。

最近、魔法の作り方が少し変わった。

大まかな方向性で魔法陣にしてから、細かい所を調整していく。

粘土で何かを大まかな形で作って、整えていくやり方と似てる。

「聞いた事をすべて正直に答える魔法をそれまでに作る」

『ふふ、その程度のものであれば、お前なら間違いなく作れるだろうな』

さっきとは違って、今度は言い切ってくれたラードーンに感謝して、俺は魔法をイメージし、組み立てて修正していく。

☆

数日後、ガイが鹵獲《ろかく》してきたティエーレの傭兵隊長に自白の魔法をかけた結果、後ろにいるのがパルタ公国だと判明した。

結局三カ国のどれかだという結果だったが。

『お前の考え方がまた一つ成長したのが大きな収穫だ』

と、ラードーンは言ってくれたのだった。

.182

「以上が、傭兵国家ティエーレの詳細です」

宮殿の執務室の中、俺はスカーレットからティエーレの話を聞いていた。

有能なレイナに一から調べさせるよりも、スカーレットの方が知っているかもしれないと思って聞いてみたら大当たりだった。

「すごく貧乏なんだな……」

スカーレットから聞いた話に、俺は軽く言葉を失った。

「はい。ティエーレが支配している土地は痩せ細っていて、まともに作物が育ちません。かといって他に資源もなく、観光になるような名所もない。その上戦略上の要衝になる立地でもない。それ故にどこからも見向きもされず、独立を保ち続けていられたのは皮肉な事態なのですが……」

「ラードーンが言ってた事が今更だけど分かるよ。国全体が傭兵にならないと喰っていけないような所なんだな」

「はい」

頷くスカーレット。

初めて話を聞いた俺はティエーレにそれなりの同情を抱いたが、前から既に知っているスカーレットは平然としていた。

「ただ」

「ただ？」

「傭兵としての矜持《きょうじ》はそれなりにあり、国民は子供の頃からそういう教育を受けていますので、金さえ払えば――という便利な駒《こま》としては使われています」

「仕事はあるって事なんだ」

「おっしゃる通りです」

俺は頷いた。

本当の意味での最悪にはならずに、他人ごとながらちょっと同情してしまったが、それを聞いてちょっとホッとした。

とりあえず状況は理解した。

さて、これから――。

「主!!」

バン、とドアが乱暴に開け放たれた。

ガイがズンズンと大股で入ってきた。

「どうしたガイ、その剣幕。何かあったのか？」

「主よ！　それがしに連中の処刑をさせてくれ」

「なんだいきなり。物騒な事を。連中の処刑ってなんの事だ？」

俺は眉をひそめて、ガイに聞き返した。

ガイの物言いは普段とはそれほど変わらないが、内容が危なっかしくてぎょっとする。

「連中でござるよ、今捕まえて牢屋に放り込んでいる連中」

「ティエーレの傭兵の事か？」

「そうでござる！」

ガイは執務机の前に来て、両手を机について身を乗り出して俺に迫った。

「なんで、また」

「無礼なのでござる。牢の中で主の事を口汚く罵っていたのでござるよ」

「あー……」

俺は小さく頷いた。

「まあ、そんなものだろ。俺の命令で捕まったようなものだから、怒りの矛先がこっちに来るのはしょうがない」

というか、そうならない方がおかしい。

傭兵をやってる人間となん回かあった事はあるけど、全員例に洩れず荒くれ者ばかりだった。

そりゃあまあ、俺の事を罵ったりもするだろうな。

「だとしても言っていい事と悪い事があるでござる」

「うーん……というか、よく俺に聞きに来たな」

「レイナが聞けと言ったでござる。殺さずに牢屋に放り込んでるって事は、主がまた何かに使うかもしれないと言っていたでござる」

ナイスだレイナ。

別にその先の使い道なんてまったくなくて、スカーレットからより詳しい話を聞くまで隔離しているだけなんだけど。

それでガイの暴走を食い止めてくれたレイナにちょっと感謝だ。

「えっと……とりあえず処刑はなし」

「えー」

ガイは不満そうに唇を尖らせた。

普段からずっとずっといがみあって——つまり顔を突き合わせているからか。

「ガイのその表情、クリスにそっくりだな」

「ーーっ！　な、なんだって！！！」

ガイはがーん、ってものすごくショックを受けた顔をした。

「そ、それがしがあのイノシシ女とそっくりでござるか？」

「ああ。まるで兄妹みたいだ」

「……」

ガイは絶句した。

ものすごくショックを受けた様子だ。

いや、本当にちょっと似てたんだ。

というか、そこまでショックを受ける事でもないだろ。

二人は傍から見ていると本当に仲良しだと思う事がよくある。

たまに「お前ら結婚しちまえよ」ってなるくらい、一見していがみ合ってるのにすごく仲良しだって思う時がある。

だからそんなにショックになるような事じゃないと思ったんだが、本人からしたらそういう物でもないみたいだ。

そんなガイはショックを受けて、魂の抜け殻のような顔をして、ふらふらと出ていった。

「大丈夫なのだろうか」

その後ろ姿に、さすがのスカーレットも少し心配になったようだ。

「うーん」

俺は少し考えてから。

「たぶん大丈夫だ。この後クリスとばったり会いでもしたら、それで因縁をつけてケンカして、それで立ち直ると思う」

その光景がありありと想像出来た。

ガイとクリスのケンカとかいがみ合うシーンとかしょっちゅう見てきたから、すごく簡単に想像がついた。

「そうですか。ティエーレの者達はどうなさるのですか？」

「すこし閉じ込めて、どこかタイミングを見て解放するよ」

「よろしいのですか？」

「向こうも仕事だったわけだし、恨みもないし」

俺は頷きながら答えた。

ティエーレの傭兵達は、まだよく知らない事もあって、さらにはちょっとだけ同情した事もある。

だから、それくらいでいいかなと思った。

「ですが、解放すればまた来るかと」

「そうなの？」

「はい。パルタに主様と敵対する意思がある限りは」

「なるほど……」

「それに」

「それに？」

「他の二カ国も、今ティエーレを使えば、パルタに罪をなすりつけられると思うかもしれません」

「あー……そうなるのか」

俺はまた少し考えて。

「ジャミールもキスタドールも、そうする可能性はあるのか？」

「残念ながら……どちらもまた主様の事を完全に認めたわけではありませんので」

「そうか」

ジャミール、パルタ、キスタドール。

神竜に大きく関わってる三カ国とは最近それなりにいい関係を保てていたけど、実際のところは表面上の態度を取り繕ってるだけ、って事なのか。

それはまあ……しょうがない事か。

「ですので、私としては……金で動くティエーレを今のうちにどうにかした方が良いかと思います。今であれば、契約の優先順でパルタに雇われているだけでしょうから」

「契約に優先順なんてあるのか？」

少しふしぎになって、聞き返した。

「あっ、はい。ティエーレはその辺り妙に律儀で、金で動く割りには、一回した契約を自ら破棄する事はないのだとか。それで信頼も勝ち得ているとの事」

「ふーん、じゃあこっちが契約したら？」

「え？」

スカーレットはきょとんとなった。

「こっちが契約すれば、契約している間は敵対しないって事だよな？」

「それは……えっと……」

俺の質問、その内容をまったく予想していなかったのか、スカーレットは困惑した顔で考え込んだ。

彼女にしては珍しく、困りつつたっぷりと一分間ほど考え込んでから。

「おそらくは……」

「じゃあ、そうしてみよう」

「ですが、それでは契約が切れれば――」

「ティエーレを国ごと、一年――いや十年くらい契約出来そうかな」

「――っ！」

ハッと驚くスカーレット。

その発想もまたなかったようだ。

「……おそらくは」

さっきの「おそらく」よりは少し間が空いたものの、スカーレットの瞳には確信めいたものがあった。

「ティエーレも、長期契約であればありがたがるはず。むろん、先払い出来ればですが」

「金は足りそう？」

「それは造作なく。主様の技術や産物でこの国の国庫は潤ってございます。ティエーレ程度なら一〇年と言わず一〇〇年でも契約は可能です」

「だったらやってみて？」

「はい」

スカーレットは一度背筋を伸ばして、俺の指示を受け入れた。

直後に表情が少し和らいで。

「さすが主様、そのような発想、まったくございませんでした」

と、尊敬に満ちた眼指しで、俺をみつめてくるのだった。

.183

『その話、お前が直接やった方がいい』

スカーレットに任せようとした所、ラードーンが口を開き会話に割り込んできた。

俺はスカーレットに「少し待ってくれ」という感じのジェスチャーをしつつ、ラードーンに聞き返した。

「俺が直接やった方がいいって、どういう事？」

『傭兵にそのような長期的な契約は普通ではない』

「ふむ」

『下っ端がそのような話を持っていっても信用されないであろう。この国の主、国王たるお前が出向いた方が信用される』

「なるほど」

その話はなんとなく分かる。

俺は実際に体験した事はないが、大きな商談の話は商会の主人が直接出向くものだ、という話はよく聞く。

自分とはまったく無縁の話だったからまったく意識外だったけど、ラードーンに言われて思い出して、納得した。

「分かった。スカーレット、俺が直接話すから、ティエーレの傭兵——リーダーがいいな。そのリーダーがつかまっている牢屋に案内してくれ」

「承知致しました！　どの牢にいるのか調べて参ります」

「うん」

俺が頷くと、スカーレットは一礼して、身を翻して部屋から出て行った。

その後ろ姿に少し見とれた。

ジャミールの王女であるスカーレット。

俺を「主様」と呼んで慕ってくれて、自分を部下だとしてそのように振る舞っているが、根本的な所ではやはり「お姫様」だ。

仕草は上品だし、華やかさもある。

所作の一つ一つに見とれる事も珍しくない。

そんな風に見とれていると、ラードーンがまた話しかけてきた。

『交渉だが』

「え？　あ、うん」

『我の言う通りにしゃべれるか』

「ラードーンの言う通りに？」

『うむ。少し思う所があってな。本当は我が外に出てやればいいのだが、少女の姿では侮られるし、真の姿《竜》だと行きすぎる』

「なるほど」

俺は頷いた。

ラードーンがどういう交渉をしようとしてるのかは分からないけど、今の話は分かる。

ラードーンが普通の、大人の女の姿になればそれが一番相応しい外見になるんだろうけど、俺にこうして言ってくるって事は出来ないんだろうな。

「わかった。ラードーンの言う事を復唱すればいいんだな？　一言一句間違えずに」

『多少は違ってても構わぬよ』

「せっかくだしちゃんとしよう……うん」

俺は少し考えて、術式を組む。

即興で名前も決める。

「【マリオネット】」

魔法陣の光が俺の体を包み込む。

『ほう、どんな魔法だ？』

「ほう、どんな魔法だ？」

『むぅ？　今のは』

「むぅ？　今のは」

『我の言葉をそのままリピートするのか』

「我の言葉をそのままリピートするのか」

俺は口から発した言葉とは別に、首をはっきりと縦にふった。

今、俺の口は俺のコントロールから離れている。

魔法を使って、ラードーンにリンクさせた。

ちなみにリンクの範囲は魔法を使った時に決められて、今回は口だけにした。

『簡単な魔法とはいえ、即興で編み出せるのはさすがだな』

「簡単な魔法とはいえ、即興で編み出せるのはさすがだな」

俺は微苦笑した。

自分の口から自分を褒める言葉が出るのはちょっと恥ずかしかった。

『ふふ、安心しろ。魔法を解除するまではもう褒めん』

「ふふ、安心しろ。魔法を解除するまではもう褒めん」

俺は微苦笑したまま更に頷いた。

そうしてくれると――ちょっと助かる。

☆

少しして、戻ってきたスカーレットに案内してもらって、牢屋にやってきた。

今でも赤い壁を越えてくる侵入者は跡を絶たないから、複数造った牢屋のうちの一つだ。

地下牢方式になっているそこに入って、一番下の階に降りる。

よどんだ空気にちょっと眉をひそめた。

「この一番奥の牢です」

『「ごくろう」』

「――っ！　は、はい！」

スカーレットは少しびっくりした後、何故か……ちょっとだけ嬉しそうな顔をした。

なんでそこで嬉しそうな顔をするのか――それが分からないまま歩き出し、目当ての牢屋にすすむ。

スカーレットを引き連れて、彼女がいう一番奥の牢――檻にやってきた。

檻は小さな物だが金属製だ。

ちょっとやそっとじゃ脱獄は出来ないような檻の中に、片目の大男がいた。

男はいかにもならず者って感じの扮装で、町中で出会っても盗賊か傭兵かの二択って感じの格好だ。

男はぎろりと俺を睨んだ。

「子供？　なんだてめえは」

「無礼な！　この方をどなたと心得ているの！」

『「いい」』

「しかし、主様――」

『「スカーレット」』

ラードーンの操縦通りに言葉を紡ぐ俺の口。

勝手に動く口とは違って、ラードーンからスカーレットを見るようにっていう感じが頭に流れ込んできたので、そのままスカーレットの方を向いて、彼女を見つめた。

自分で口を動かす必要はないから、代わりにまっすぐスカーレットを見つめた。

「――っ！」

スカーレットは息を呑んだ。

「わ、わかりました」

『「うむ」』

俺は頷き、男の方に向き直った。

「お前……一体」

『「リアム・ハミルトン。この国の主だ」』

「魔王リアム！　こんなガキだったのか！」

魔王リアムって……なんか前にもちらっとそういう呼び方を聞いた事があったけど、普通に広まってるようなものなのそれ。

『「その名を知っているのなら話が早い」』

ラードーンは平然と言い返した。

魔王リアムという呼び名を普通に受け入れたような返事に俺はちょっと恥ずかしくなった。

『「そういうお前はティエーレの何者だ？　どれくらいの立場にいる」』

「とっとと殺せよ。傭兵がつかまったんだ、覚悟は出来てる」

『「お前に覚悟は出来てても、部下はどうなのだ？」』

「ここに来る連中は全員出来てら」

『「国許の人間は？」』

「てめぇ……何を企んでいる」

『「警戒するな。悪い話ではない」』

ラードーンがそう言った後、俺は意識の指示に従ってその場で座った。

無造作にあぐらをかいて、柵越しに男と向き合って視線の高さを合わせる。

『「パルタからどの程度の契約をしてもらってる」』

「話すと思うか？」

男は鼻で笑った。

『「聞き方を変えよう。その契約はいつ終わる」』

「……さっきから一体何が言いたいんだ、てめえは」

男の興味がこっちに向いた。

『「終わった後に契約を結ぼうと思ってな」』

「契約だと？」

『「そうだ。終わった後ならなんの問題もあるまい？」』

「本当に……一体何を考えてる」

『「シンプルな話だ。お前達は契約中は雇い主を裏切らないと聞いた」』

「ああ、当然の事だ」

『「それを見込んで、一〇年くらいまとめて、国ごと契約しようと思ってな」』

「――っ！」

男は驚き、絶句した。

「な、何を言ってやがる……」

驚いた末に搾り出した言葉は、本人の驚きをそのまま表しているような言葉だった。

『「もっと分かりやすく説明した方がいいか？」』

「そうじゃねえ……何が狙いだ」

『「それこそシンプルな話だ。金で敵の戦力を削ぐ、理解出来ないか？」』

「……」

男は沈黙した。

口をつぐんだが、目はじっと俺を見つめた。

話は理解したが、その話が本当なのかと俺の真意を探ってくるような目だ。

ラードーンの指示はなかったが、俺は男をじっと見つめ返した。

受けて立つように、まっすぐ見つめ返した。

「そんな空手形――」

『「広さ的にはギリギリか」』

男の言葉を遮るようにして、まわりの空間を見た。

地下牢なだけあって狭かった。

「どういういみだ？」

『「こういう事だよ――アイテムボックス」』

俺の口から出たのは「ラードーンの言葉」だ。

だから魔法は発動しなかったが、それを口にするという事は今必要だから、言葉に一呼吸遅れてアイテムボックスを発動した。

『「説得力が欲しいのだろう？　現金をここで見せてやる」』

ラードーンの言葉を受けて、俺はアイテムボックスから現金を取り出した。

ブルーノ経由で交易して手に入った金貨。

国庫金――国の金だが、一番の保管場所は俺の【アイテムボックス】だから、そこにおいてる。

そこから取り出した金貨を床に並べた。

並べて、男に見せつけた。

男はぽかーんと口を開け放った。

『「これくらいで足りるだろう」』

こっちにも向けられたラードーンの言葉で、金貨を取り出すのをいったんやめた。

『「どうだ、これで足りるか？」』

「た、たりる、がよ」

『「うむ？　何か問題でもあるのか？」』

「こんな大口の話、俺の一存じゃ決めらんねえよ。国許に持ち帰らねえと」

『「無論だ。確かに現場の指揮官の一存で決められるような話ではないな。スカーレット」』

「は、はい！」

それまでずっと背後で見ていたスカーレットが、いきなり名前を呼ばれて慌てた。

俺は振り向き、肩越しにスカーレットを見つめて。

『「この男を解放してやれ」』

「い、いいのですか？」

『「話を持ち帰ってもらわない事にはな」』

「かしこまりました」

話を飲み込むと、すぐに落ち着くのが有能なスカーレットらしかった。

彼女は持っていた牢屋の鍵を取り出して、男の檻にかかった錠前《じょうまえ》をはずして、ドアをあけてやった。

「……いいのか？」

『「お前まで何を言ってる」』

俺はクスッと笑った。

『「持ち帰ってもらわない事には話が進まない、そう言ったのはお前だろ」』

「それを受け入れるとは思わねえよ」

『「逆だ、お前も受け入れろ」』

「……もう一回聞く。本当にいいのか？」

『「逆に聞く、俺の気が変わらないうちにさっさと動かなくていいのか？」』

そういって、今度はラードーンの指示でにやりと笑ってやった。

男は複雑な表情をしたが、そのまま檻の外に出た。

「何か証《あかし》をくれ」

『「手付金として一割もっていくといい」』

「――いいのか⁉」

また驚く男。

傭兵国家を一年丸ごと契約する金額という事だ。

俺にとってはどうであれ、それはティエーレの全国民を一年間食わせられる金額という事になる。

紛れもない大金だ。

「……かならず」

『「うん？」』

「かならず国の人間を説得する、だから、気が変わらないように待っていてほしい」

『「ああ」』

俺は小さく頷いた。

そして振り向き、スカーレットに『「運搬の手配と、他の仲間をだして」』といった。

スカーレットは忠実に応じた。

そして男を連れて、外に出た。

そして、その場に残った俺とラードーン。

『「もう良いぞ」』

最後でもラードーンの言葉を口にした俺。

それにちょっとおかしさを覚えつつ、【マリオネット】の魔法を解除した。

「ふう……さすがだよラードーン、完全にラードーンペースの交渉だった」

『ふふっ、それは我の台詞だ』

「え？　俺なにもしてないぞ。ラードーンの操り人形だっただけじゃないか」

『魔王ともあろうものが、その操り人形に完全に徹するのがとんでもない事。普通の人間であれば、お前のような立場になればそうされるのに反発を覚えるものだ』

「立場関係なくないか？」

俺はすこし首を傾げた。

「だってこういう事はラードーンの方が上手いんだから。実際、魔法の事じゃないから俺は途中でなにも思いつかなかったし」

『それがすごいという事なのだ』

「はあ……」

何がすごいのか分からなかったが、ラードーンがそういうのならそれでいっか。

なにより――と俺は男とスカーレットが去っていった階段を見あげた。

傭兵国家ティエーレの件は、これで上手く解決しそうだと思ったからだ。

.184

「ダーリンずるい!!」

「うおっ!!」

部屋の中に一人でいたら、いきなりデュポーンが壁をぶち破って入ってきて、その勢いのまま俺に飛びついた。

とっさの事で魔法障壁は張ったが、それでもデュポーンは軽々と俺の魔法障壁をぶち破ってきて、俺は悶絶してしまった。

「いたたた……ど、どうしたんだデュポーン」

「ダーリンずるい!」

デュポーンはそう言って、俺の腰に抱きついたまま上目遣いを向けてくる。

怒ってるような拗ねてるような顔で、目はちょっと涙を溜めてうるうるしている。

一体どうしたんだ?　と彼女の表情を不思議がった。

「ずるいって、何が?」

「あの女の子から聞いたの!　ダーリン、ラードーンに体を貸したんだって」

「あの女の子?」

「王女やめた子」

「スカーレットの事か？」

少し考えて、俺がラードーンに……。

少し考えて、心当たりに行き着いた。

【マリオネット】の事か。

「あれの事なら……体を貸したというか、口だけ貸したっていうか……。でもよく分かったね、スカーレットはその事知らないはずなのに」

「分かるもん！　あの喋り方はあいつが人間乗っ取って神気取りする時の喋り方だもん」

「へえ……なんか神託っぽい事をやった事があるのか？」

デュポーンにではなく、内側にいるラードーンに向かって話しかけた。

『さてな』

俺は少し驚いた。

ラードーンにしては素っ気ない返事だった。

何かデュポーンとの間であったのか？　とちょっとだけ思った。

「ねえねえダーリン！　あたしもしたい」

「したい？」

「ダーリンのからだを使ってみたい！」

「ああ……あれは体じゃなくて、口だけだぞ」

「口だけ？」

「そう。喋るだけ」

「それでもいい！」

「うーん」

俺は少し首をひねった。

スカーレットから聞いた話だけでラードーンが裏にいるって推測出来る位だし、俺が説明もした。

だからデュポーンは【マリオネット】の効果を勘違いしているって事はないはずだ。

それでもしたいっていうのか。

「分かった」

「いいの⁉」

「ああ。で、どこかに行けばいいのか？」

「ここでいい！」

「ここで？」

俺は部屋の中を見回した。

前回【マリオネット】を編み出した時は話す相手がいた。

しかしここにはそんなのがいない。

俺の部屋で、俺とデュポーンの二人っきりだ。

「本当にいいのか？」

「うん！」

「そうか……分かった」

なんでだろうとは考えたが、深く考えるよりも、実際にやってみた方が早いと思った。

「それじゃいくよ――【マリオネット】」

デュポーンと向き合って、魔法をかけた。

魔法の光が二人を包み込み。

かすかな喪失感とともに、俺の口がデュポーンのとリンクした。

「あーあー、本日は晴天なり――わお！」

デュポーンが更に俺に抱きついた。

デュポーンの口から出た言葉と、俺の口から出た言葉。

その二つがタイムラグなしでぴったりと重なった。

前にやった、ラードーンの心の中に聞こえる声と重なった時とはまた違った不思議な感覚だ。

「『やったー、ダーリンの声だ！』」

デュポーンはひとしきりしがみついた後、パッと離れて。

「こういうのも出来るのかな――きゃあああ！」

今度は俺だけの声になった。

おそらくはデュポーンが心の中で思っただけのに切り替えたんだろう。

ラードーンの時は心の声が聞こえるから不思議な感覚になったが、デュポーンの心の声は聞こえないから、それに切り替えられると俺だけが喋っている風になった。

「……ごほん」

デュポーンに【マリオネット】された俺の口からわざとらしい咳払《せきばら》いの声がでた。

それとともにデュポーンは俺を見つめてきた。

俺も見つめ返した方がいいのかなと思って、同じように見つめ返した。

すると。

「デュポーン……いや、ハニー」

…………………………ハニー？

「「きゃあああああ！　ダーリンにハニーって呼ばれた。ハニーって呼ばれた！」」

デュポーンは黄色い悲鳴を上げて、くねくねしだした。

彼女の声と俺の声が重なって不思議な――いや摩訶《まか》不思議な感じになった。

というか……俺が呼んだんじゃなくて自分で呼ばせたんだろうに。

もしかしてこれがやりたかった事なのか？

そう、思っていると、デュポーンは再び真顔になって、俺を見つめながら。

「ハニー……」

と、今度は吐息交じりの、ささやきボイスで言わされた。

「言ってみろ。俺に……何をされたい？」

「「あん……」」

俺のささやきの直後に、俺とデュポーンの変な声が重なった。

そしてデュポーンはびくん！　ってけいれんして、その場に崩れ落ちた。

崩れ落ちたデュポーンは、はあはあと、荒い息を立てている。

そのまま、熱に浮かされたような瞳で、俺を見あげてきながら。

「いけない子だ……まだ何もしてないのにこんなに感じちゃって」

「「うぅ……ごめんなさぁい……」」

なんとなく分かってきた。

デュポーンは、俺の口を使って聞きたい台詞を——いわゆる「甘いささやき」的な台詞を聞きたいんだ。

それは分かった、分かった、が。

「「だぁりん……もっとぉ……」」

たまに漏れるデュポーンの言葉にも【マリオネット】が効いて、それが俺の言葉と重なって——

正直こっちは聞くに堪えなかった。

自分の「甘いささやき」は恥ずかしいが、自分の「感極まった声」は死ぬほど恥ずかしい。

俺は少し考えて、魔法——【マリオネット】の術式を書き換えて、かけ直した。

「そんな事いいながら、本当はだれでもいいんだろ？」

「ちがうの！　ダーリンだけなの！」

新しい【マリオネット】は、操縦を意識しない時の言葉はリンクさせないようにした。

そうして、見かけ的には俺がデュポーンを口説く――いや言葉攻めをしているように見えた。

これならいっか、と。

俺はしばらくのあいだ、デュポーンの好きにさせてやったのだった。

.185

ガイとクリスがいきなり訪ねてきたと思いきや、二人そろって鼻息を荒くして、俺に詰め寄ってきた。

次の日の昼下がり。

「あいつら、ぶっつぶそうよ！」

「潰すべきでござる！」

俺は面食らった。

普段からガイとクリスは仲がいいなとは思っていたけど、その二人がこれほどぴったりと息が合って、同じ事を訴えかけてきたのはなかなか珍しい。

「ちょっと、こっちの真似しないでよ」

「そっちこそそれがしの猿まねはやめるでござる」

「はあ？　猿まねとかじゃないし、本気でむかついてるからぶっつぶそうとしてるだけだし」

「それがしの方が本気でござる」

「あたし！」

「それがし!!」

かと思えば、二人はいつものような感じで、無駄にいがみ合いを始めてしまった。

俺はクスッと笑った。

最初はどうなる事かと思ったが、いつもの二人に戻ってほっとした。

「まあまあ、とりあえず落ち着け。二人とも、同じ相手の事を話そうとしてるって事でいいんだな？」

「さよう！」

「パルタの連中の事だよ」

「ふむ」

俺は小さく頷いた。

渦中《かちゅう》のパルタの件ってわけか。

「そのパルタを潰したい、って事か？」

「うむ！　主よ、それがしに命じてくだされ。三日で都市を一つ見せしめに滅ぼしてくるでござる」

「何をー！　じゃああたし！　あたしなら二日で！」

「むむっ！　ふっ、それがイノシシ女の限界でござるな。それがしなら一日で」

「舐めないでよね！　あたしなら半日！」

「一時間！」

「十分！」

ガイとクリス、二人はいつもの調子でヒートアップしていった。

向き合って言い合って、しまいには頭突きの如く額を突き合わせるほどの近距離で言い合いを始めた。

「うーん、どうしようか」

いがみ合う——というより張り合う二人を見て、さてどうしようかと迷った。

二人がこんな事を言い出す理由は分かりきっている。

パルタがティエーレを利用して、ちょっかいを出してきたからだ。

ティエーレは交渉が進んで、一〇年間の契約を結んで——実質俺の傘下に入るという形になったからガイとクリスのターゲットから外れた。

そのため、二人の怒りがまとめてパルタに向かった形だ。

こうなってくると、何もなしに二人を宥めるのは難しいと、俺は「さてどうするか」と頭を悩ませた。

「失礼します主様——あら」

ガイとクリスとは違って、声をかけてからの静々とした身のこなしで部屋に入ってきたのはスカーレットだった。

部屋に入ってきた彼女は、意地を張り合っているガイとクリスを見て少し驚いた。

「これは一体……」

「気にしなくていいよ、いつもの事だから」

「それもそうですね」

いつもの事、と聞いて納得するスカーレット。

ガイとクリスの仲の悪さ《なかのよさ》はこの国じゃ誰もが知っている事で、極端な話、この二人が血まみれのケンカをしていた所でだれも驚かない。

……まあ、殺し合いまでいったら今度は全員が驚くけど。

そういう関係なのが周知の事実だから、スカーレットは一瞬で納得して、二人を無視してこっちを向いた。

「主様にご提案したい事がございます」

「うん、なんだ？」

「パルタへの制裁をご裁可いただきたく」

スカーレットがそう言った瞬間、いがみ合っていたガイとクリスの動きが止まった。

二人はもつれ合ったまま固まって、スカーレットの方を一斉に向いた。

そんな二人の反応を意に介しない、スカーレットは更に続けた。

「パルタ公国の面従腹背は主様に対する裏切りの行為でございます。その行為に相応の代償を払わせねばなりません」

「裏切りっていうのはちょっと違うんじゃないか？　お互い国同士で上下関係とかじゃないんだか

ら」

「いいえ、裏切りです」

スカーレットはきっぱりと言い放った。

「たとえ友人関係であっても、信頼に背く行為は裏切りとなります」

「ああ……なるほど」

言われてみれば確かにそうだ。

「ですので、パルタ公国に灸を据えると言う意味で、相応の制裁を下すべく、その裁可をいただきにまいりました」

「よく言ったスカーレット殿！」

「あたしはあんたが出来る女だって信じてた！」

ガイとクリスが揃って、鼻息が荒く目を輝かせてスカーレットに詰め寄った。

一方、スカーレットはそんな二人ににこりと微笑むだけで特に答えなかった。

「制裁か……別にいいけど」

それもありかもしれないと思った。

ガイ、クリス、スカーレット。

この三人がそういう風に思っているんなら、この国の魔物達はおそらく九割以上同じ事を思ってるって事だろうな。

みんなが怒ってるなら、何かしなきゃなと思った。

「何をすればいいんだ？」

「命令を下され主！」

「あたしがぶっつぶしてくるから！」

ガイとクリスは同じ主張を繰り返した。

それはさっきも聞いたから、ひとまずスルーした。

スルーしつつ、スカーレットを見た。

「スカーレットは何か考えがあるの？」

「はい。まず主様にお訊ねしますが、美容のための魔法はお持ちでしょうか。あるいは作る事は可能でしょうか」

「美容のための魔法？」

俺は少し考えた。

まずは知識の中を探る。

「持ってないかな。具体的にはどういうのがいいの？」

「効果時間は約一日、その一日の間に――そうですね、五歳くらい若く見える魔法というところでしょうか」

「若く見える？」

「はい、見えるだけで構いません」

「それなら出来るけど」

俺は少し考えた。

スカーレットのいう条件。

見た目だけ五歳くらい若く見える。

その効果時間は約一日。

「うん、普通に出来る」

「それを開発して、魔導書にする事は可能でしょうか」

「それも普通に出来る」

魔導書――古代の記憶関連はそんなに難しい事じゃない。

無理なく「普通に出来る」レベルだ。

「それを作ればいいの？」

「はい、二つ」

「二つ？」

「完成したものを、ジャミールとキスタドールに贈り物として渡すのです」

「パルタの制裁の話じゃなかったの？」

「もちろんでございます。このような最新魔法、『悪いな二つしか作れなかったんだ』といって、パルタを仲間はずれにするのです」

「ふむ……それで？」

「それだけでございます」

スカーレットが自信たっぷりに頷く。

それだけって……それで何がどうなるの？

俺が不思議がっているのと同じように、ガイとクリスも似たような反応をしていた。

「スカーレット殿、そのような事ではなくもっと痛みを与える方法を採るべきでござる」

「そうそう、もうなんだったら全兵力でパルタとか潰す勢いでさ」

「これは、王族の女としての観点です」

スカーレットはにこりと言い放った。

「美容の魔法、はっきりと五歳は若返って見える魔法。そんな物があれば、王侯貴族の妻でほしがらないものはいません。そして、妻のおねだりは夫に向かいます」

「ふむ？」

「だから？」

ガイとクリスはやっぱり理解出来ない、って感じで首を傾げる。

二人は魔物だから分からないんだな。

俺は――ここでやっと分かった。

「そうか、国王でも……奥さんとかハーレムの人達には弱いんだ」

「さすが主様、おっしゃる通りでございます」

スカーレットはにこりと微笑んだ。

その微笑みが……ゾッとするくらい怖かった。

「ジャミールもキスタドールもたった一つの魔導書を渡す義理はございません。しばらくの間、パルタの上層部は妻達になじられる日々が続く事でしょう」

「なるほど。上手いなスカーレット。よし、それを採用だ」

頷く俺。

「ありがとうございます、主様」

提案を採用してもらえたスカーレットは嬉しそうに微笑んだ。

その後スカーレットの狙い通り。

美容魔法をハブられたパルタの上層部が、慌てて俺のご機嫌取りをしてくるのだった。

.186

あくる日の昼下がり。

俺は宮殿の中庭、林の中で魔力の修練をしていた。

魔力の修練で、色々方法を変えたりしている。

もっともっと、魔力がより上がるような方法を日夜考えて、考えついた事を片っ端からやっている。

今もそうで、俺が転生した直後に魔法を練習し始めた「林」というロケーションだったらどうか？　って事で林の中でやってみた。

結果変わらなかった。

変わらなかったが、俺はそこそこ満足した。

これで「林でやっても変わらなかった」というのがはっきりしたからだ。

魔法に関する知識は多ければ多いほどいい。

実際に役に立つし——魔法の知識が増えれば純粋に嬉しい。

今のも、「林でやっても変わらなかった」という知識が増えたから満足出来た。

変わらなかったから、別にすぐに戻る必要もなくて、俺は林の中で魔力の修練を続けた。

地面であぐらをかいてリラックスした姿勢で、魔力の修練をする。

そうしているうちに、「じぃー」って感じの視線を感じた。

視線を感じる真横を向くとピュトーンがいた。

小柄なピュトーンは、ちょこんとしゃがんだ姿勢で、俺をじっと見つめていた。

相変わらず眠たそうな顔をしているが、霧が出ていないから寝ているわけじゃなさそうだ。

「どうしたんだ？」

「あなたを見てた」

「俺を？」

俺の何を見てたんだろう、と不思議がった。

「話をきいた。なんでも叶えてくれるって、本当？」

「うん？」

「なんでも一つだけ、願いを叶えてくれる、って」

「なんだその昔話のようなやつ」

俺は微苦笑した。

した後に、心当たりがあった。

そうか、デュポーンの事か。

デュポーンは【マリオネット】を大いに気に入った。

その後もなん回かおねだりに来たくらいだ。

あれでちょっと支配されたがり？　な所があって、無理矢理苛められるのが好きっぽくて、【マリオネット】で俺の口を使ってそういう言葉を言わせた。

その事なんだろう。

「別になんでも叶えるってわけじゃないぞ」

「……そう」

じゃない、けど。

「何か困ってる事でもあるのか？」

「え？」

ピュトーンが驚き、俺を見る。

「困ってる事があるんなら力になるけど」

「困ってる事」

「そう。ただのわがままなら言われてもちょっと困るけど、困ってる事だったら力になる」

ピュトーンはしばし、俺をじっと見つめた。

見つめてから。

「いい人？」

「それを口に出して言われると恥ずかしくなる」

「悪い人」

「そっちもいやかもしれない」

「……どうでもいい人」

「それが一番いやだ！」

俺は声に出して突っ込んだ。

うん、間違いない。

どうでもいい人が一番精神的にキツい。

俺の突っ込みには乗ってこなかったピュトーンだ。

そういうノリツッコミをするようなタイプの子じゃない。

むしろ彼女は思案顔になった。

うつむき加減で、何かを考え込んだ。

俺に言われた事を考えているのだろうか。

ピュトーンなら、と思った。

彼女のお願いなら、そんな変な事にはならないだろう――。

「子供、ちょーだい？」

「ぶっぅぅぅぅぅ!!」

俺は盛大に吹きだした。

ピュトーンのお願いは、予想の遙か斜め上のものだった。

「何を言ってるの!?」

「あなたのたまごを産みたい」

「いやそういう意味じゃなくてね！」

「あなたとの子供なら、寝てる時もそばにいられそう」

「……ああ」

盛大に突っ込んだが、急速に冷静になった。

ピュトーンにとって大真面目な話だった。

彼女は寝ている時に体から眠りを誘う霧を放出する。

その霧はあらゆる生物を眠りに誘い、抵抗できるのはラードーンやデュポーンといった同等の存在だけだった。

そこに現われた、俺という人間。

俺は魔法と高い魔力によって、彼女の眠りの霧に抵抗出来た。

その事があって、今、ピュトーンに懐かれている状態だ。

俺はすこし考えて、答えた。

「すこし時間をくれ。もっといい方法を考えるから」

「もっといい方法？」

「子供っていう少ない数じゃなくて、みんながピュトーンの寝てる時でも普通にそばにいられるような方法――できる限り抜本的な方法を」

「……分かった、待ってる」

「ああ」

「お返し」

「ん？」

「お願いを聞いてくれた、お返し」

「まだ何もしてない」

「先払いの方が、真剣にやってくれる――人間は」

「あはは」

そういうのはあるかも知れないな。

俺は納得した。

お返しに何か古代魔法とかそういうのを教えてもらおうかな、と。

なんとなくそんなのんきな事を考えていた。

☆

夕方の執務室。

俺は訪ねてきたスカーレットと向き合っていた。

スカーレットはいつものようにピンと背筋を伸ばした綺麗な姿勢で立っていた。

「主様にご報告致します。パルタ公国から使節団の申し出がありました」

「しせつだん？」

「主様にすり寄るための使節団かと。今回の事で、パルタの王侯貴族が一人残らず、妻達に責められているのだとか」

「ああ、【アンチエージング】の効果がでたのか」

「おそらくその通りかと」

スカーレットははっきりと頷いた。

俺は感心した。

スカーレットの言う通りにしたら、本当にパルタから土下座の使者が来る事になった。

ラードーンもすごいけど、貴族の事に関してはスカーレットの方が詳しいって感じだ。

『……』

「如何なさいますか？」

「如何なさいますか——って、何が？」

「私見を申し上げますと、虫がよすぎます。もっと屈辱を与えるべきか、恐怖を与えるべきかのどっちかにしないと、相手は心のどこかで主様を見下し、また同じような事を繰り返されるでしょう」

「繰り返すのか？」

「喉元過ぎれば熱さを忘れる」

スカーレットがはっきりと頷いた。

貴族の生態に詳しいスカーレットがそこまで言うのなら間違いないだろうって思った。

「それは困るな」

何回も同じ事を繰り返されると面倒臭い。

俺は少し考えた――が。

下手の考え休むに似たりだ。

魔法以外の事だと、俺が考えるよりもまわりが考えた方が絶対にいい。

そう思って、スカーレットをまっすぐ見つめた。

「どうすればいい？」

『我にいい案がある』

「ラードーン？」

スカーレットに聞いたのに、ラードーンが名乗り出てきた。

ラードーンが言ってきた事にちょっと驚いたが、まったく問題はなかった。

貴族の事はスカーレットの方が詳しいかもしれないが、ラードーンはラードーンで、人間の本質を分かっているから、こういう時のアドバイスはものすごく役に立つ。

驚いたため一呼吸間が空いたが、冷静なまま聞き返した。

「いい案って？」

『恐怖を与えればいいのだろう？』

その言葉はスカーレットに向けたものだったから、俺は言葉そのままを伝えた。

「はい、主様に二度と変な気を起こさせないように、絶対的な恐怖がベストです」

『であれば我に任せてもらおう』

「――って言ってるけど」

「神竜様にそうおっしゃっていただけるのなら否やがあろうはずもございません」

スカーレットはうやうやしく腰を折った。

スカーレットが同意してくれるのなら話が早いと思った。

思った、が。

ラードーンは何をするつもりなんだろう。

『当日になれば分かる』

「へえ」

『下準備もいらぬ』

「いらないのか？」

『うむ、お前はどーんと構えていればよい』

「はあ……」

どういう事なんだろうと不思議に思ったが――まあ。

ラードーンの言う事だ、まあ従ってればいいと、魔法以外の事だから俺は深く考えないようにしたのだった。

☆

数日後、街の外。

パルタ公国の使節団を迎えるにあたって、街道を再整備させた。

こっちはスカーレットの提案で、「王都の玄関だから華やかに」と言われたので、実用性のない華美な装飾とかそういうのをつけた。

そんな街の出入り口と街道の境目で俺は待っていた。

そして、街道の向こう――地平線の果てからパルタ公国の使節団が現われた。

使節団はゆっくりと近づいてくる。

こっちは俺と、背後にガイら三幹部、そしてスカーレットら主立った面々での出迎えだ。

なんだが――総出での出迎え以外、特に何もしていない。

さすがにもう――って感じで俺はラードーンに聞いた。

「まだいいのか？」

『うむ、そろそろ良かろう』

「おっ。俺は何をすればいい」

『何もしなくてよい』

「え？」

ここに至ってもまだ何もしなくていいのか？　とちょっと驚いた。

ラードーンの事だから、なんだかんだで俺に無茶振りして、魔法の即興的な何かを求めてくるのだと思っていた。

そういうのなら出来るし、頑張れるから心構えだけしていたんだが……それすらもいらないようだ。

だったら？　って事で首を傾げた。

『これから何がおころうと、お前はふんぞり返っていればいい』

「ふんぞり返る？」

『うむ、何が起ころうとも、だ。それが一番重要な事だ』

「分かった、そうする」

何もかも分からないが、ラードーンからの指示はあった。

何があってもふんぞり返ってろ。

魔法じゃないけど、なんとか出来るかもしれなかった。

俺は深呼吸した。

そして、ふんぞり返った瞬間――。

まわりがざわついた。

まず、俺の体の中から光とともにラードーンが顕現した。

ラードーンがドラゴンの姿で顕現して、俺の背後に鎮座するように現われた。

そしてどこからともなく、デュポーン、さらにはピュトーンも現われた。

二人ともドラゴンの姿だった。

ラードーン、デュポーン、ピュトーン。

かつて「三竜戦争」を引き起こした三頭の竜が、俺の傍に集まった。

それを見てこっち側の魔物達はざわつくだけで済んだ——が。

向こう側、人間側はそれだけでは済まなかった。

パルタ公国の使節団は三竜を見た瞬間完全に動きが止まった。

そして——一斉に青ざめた。

青ざめた？　なんで。

と思っていたら、ただの感想が的確な解説になった言葉が聞こえてきた。

三竜にもっとも詳しいであろうこっち側の人間、スカーレットの感極まったような感想。

「さすが主様……伝説の三竜をまるで従えているようですわ……」

その言葉を聞いて、俺はラードーンの意図を理解した。

三竜を従える魔物の国の王、魔王。

それで、恐怖を植え付けようと言う事だ。

理解した俺は言われた通りふんぞり返った。

それが、ますますパルタ側に恐怖を与える事になったのだと、後から聞かされたのだった。

今と昔

この世の光景とは思えないほどの地獄絵図だった。

空が黒めき、まがまがしい稲妻が暴風雨の如く降り注いでいる。

大地の草木が枯れ果て、至る所の地面が割れてマグマが噴き出している。

元来が風光明媚な所だったのが、今ではまったくの地獄だ。

そうしたのは、三頭の竜だった。

千貌竜ラードーン。

閃光竜デュポーン。

闇王龍ピュトーン。

人間を遙かに超越し、地上でもっとも神に近い存在である三頭が、お互いを滅ぼそうとしている。

ラードーンが放った一撃がデュポーンに弾かれて、その余波が広大な稜線《りょうせん》を持つ山脈を半分ほど吹き飛ばした。

弾いた勢いでラードーンに突っ込んでいくデュポーンだったが、ピュトーンが亡者さながらの怨声を上げながら横合いから噛みついてきた。

噛みつかれ、二頭はもつれ合って地面に激突。

そのまま地面をえぐりつつ、大河に転がり込んだ。

噛みつくピュトーンの口から黒めくオーラのようなものが漏れて、そのオーラに触れた大河の水が一瞬にして干上がった。

毎年のように氾濫して人間を苦しめてきた大河だったが、一瞬にして干上がってしまった。

そのオーラが、デュポーンの鱗を侵食する。

デュポーンが苦しそうにもがいた。

そこに、ラードーンが突っ込んできた。

ラードーンはピュトーンとは反対側に噛みついた。

二頭が同時にデュポーンに噛みつく――互角の力を持った三頭であるが故に、パワーバランスが一瞬で崩れて、デュポーンは苦痛の叫び声を上げた。

身の毛がよだつ叫び声で、空も大地も震撼した。

このままデュポーンがやられるとおもいきや、ピュトーンがデュポーンから口を離し、逆にラードーンに噛みついた。


――獲物を横取りするな。


まるでそうだと言わんばかりに、ピュトーンは攻撃対象をラードーンに移した。

対象から外れ、一息つくデュポーン。

二頭はデュポーンをまったく無視するような形になって、互いに攻撃した。

しかしそれがプライドに障った。

デュポーンは飛び上がって、空から二頭にむかってまとめてブレスを放った。

それにラードーンとピュトーンは同時に反応した。

二頭も口を開け放って、ブレスを放って応戦する。

三頭のブレスが空中でぶつかり合って――競り合って弾けた。

その力は凄まじく、ブレスがぶつかり合った中間点で、次元の裂け目が出来たほどだ。

次元の裂け目はあらゆるもの――三頭をのぞくあらゆるものを吸い込んだ。

大河が干上がったがために、空から降り注ぐ黒い雨。

山が吹っ飛んだせいで、噴き出される地中にたまったマグマ。

未だに黒めく空から降り注ぐ暴風雨のような稲妻さえも、次元の裂け目に吸い込まれていった。

天変地異を超えた三頭の力のぶつかり合いに、人間はただただ逃げ惑う事しか出来なかった。

まるでこの世の終わりのような光景に、世界は三頭の争いに巻き込まれて崩壊する。

人間は、その光景に絶望していた。

☆

「どうすればいいと思う？」

部屋の中で、俺は俺に憑依している、心の中のラードーンに問いかけた。

数分前まで訪ねてきていた、ブルーノが持ってきた商売の話をそのままラードーンに聞いた。

『ジャミール王国の公館設置の件か』

「そう。受け入れた方がいいと思う？」

『お前がどれくらい兄をひいきにしたいかにもよる』

ラードーンは即答でそんなことを言って、ボールをこっちに投げ返してきた。

「ブルーノを？」

『うむ。一国の公館設置を一介の商人に――ああ、貴族だったか。それでも下位貴族で商人経由で打診してくるというのは、向こうのルートがお前の兄くらいしかないということの証拠だ』

「ふむふむ」

『人間基準だと大任であろう。成功すればあの男の評価や地位が更に上がる。だから――』

「ブルーノをひいきにしたければ受けろ、ってことか」

『そういうことだ』

結論が出て、ラードーンは沈黙した。

「ありがとう」

俺はラードーンに感謝した。

魔法以外の事はてんで分からない俺に、ラードーンは色々アドバイスしてくれる。

そしてそのアドバイスはいつも正しい。

国を治める王は、賢者という相談・助言をする人間をまわりにおくことが多い。

ラードーンの知識と知恵はどんな賢者よりもすごいもんだって、俺は彼女との出会いに感謝した。

何かお礼をしなきゃな――って、思っていると。

ドゴーン!!

轟音の後、壁が外から何かにぶち破られた。

飛び散る建材の煙ぼこりの中から現われたのは、長くて綺麗な髪を頭の左右に結い、それが愛くるしい顔によく似合っている美少女——デュポーンだった。

デュポーンは俺の顔を見るやいなや。

「ダーリン!!」

と、俺に飛びついて、ぎゅっとしがみつくように抱きついてきた。

「んふふー。ダーリンの匂いだぁ」

俺に抱きついたデュポーンは、更に俺の胸に顔を埋めてスリスリしてきた。

さすがにちょっと恥ずかしい——が、部屋の中には誰もいないし、デュポーンはやめてと言っても聞くような子じゃないから、好きなようにさせることにした。

「ねえ、ダーリンは何をしてたの?」

「ラードーンにちょっと相談に乗ってもらってたんだ」

「えー」

デュポーンは唇を尖らせて、不満そうな顔をした。

そういえば二人は仲が悪いんだっけか。

「あんなヤツに聞く事なんてないよダーリン。あたしに聞いてくれたら明日の天気から世界の真理までなんだって教えちゃうよ」

「なんか知ってはいけないような気がする」

俺は微苦笑した。

「世界の真理」というのがなんなのか知らないけど、なんとなく知っちゃいけない――そんな気がする響きの言葉だった。

「んー、ねぇダーリン」

「なに？」

「ぎゅってして」

「えっと……こう？」

俺はリクエスト通りに、デュポーンをぎゅっと抱きしめた。

横顔がくっつくほど密着し、俺より一回り小さい体を抱きしめる。

その横顔――彼女の髪からいい香りが漂ってきた。

ちょっとどきっとするような、女の子のいい香り。

「むぅー」

「で、デュポーン？」

「ダーリンからあいつの匂いがする」

「あいつ？」

「ダーリンの中に図々しく居座ってるあのバカ」

「あぁラードーンか……匂い、する？」

俺は自分の袖を鼻元でくんくんしてみた。

デュポーンはそういうが、俺にはまったく分からなかった。

「えっと……いやか？」

「……んーん」

デュポーンは俺に半分しがみついた状態で、何秒かじっと上目遣いで見つめてきてから、ゆっくりと首をふった。

「ダーリンの匂いの方が強いから、我慢する」

「そうか」

そりゃ俺の体だから俺の匂いのほうが強いよな。

それで引き下がってくれるのなら助かる――。

「おやすみなさぁい」

「うわっ！」

いきなりの事にびっくりした。

音もなく現われて――現われるなり「おやすみなさい」というおよそ第一声に相応しくない言葉を発した後、そのまま俺の背中におんぶの格好でもたれ掛かって来たのはピュトーン。

彼女は、俺にもたれ掛かったまま、早くも寝息を立てはじめた。

それで彼女の身体から霧が出始めた。

まわりの生物を睡眠に誘う、眠りの霧。

俺はその眠りの霧をダストボックスに入れた。

「またきたー。なんなのこいつ、ずうずうしいよ」

俺の前にしがみついてるデュポーンが、後ろにしがみついてるピュトーンを見て、不満そうにまた唇を尖らせた。

「うぅー、ちょっとあんた、ダーリンから離れなさいよ」

デュポーンは俺越しに、ピュトーンの頭をわしづかみにして、前後にゆっさゆっさとゆすった。

「んぁ……？」

起こされたピュトーンは、寝ぼけた時の目でデュポーンを見た。

「ダーリンから離れなさいよ。馬鹿なの？　死ぬの？　いいわよ、またボコボコにしてあげるからかかってきなさいよ」

「……眠いからいい」

ピュトーンは興味なさそうに、また俺の背中に顔を埋めて、すやすやと寝息を立てはじめた。

「もう！　いっつもこうなんだから！」

「まあまあ、いいじゃないか。眠い時は寝かせとこう、な」

「うぅ……ダーリンがそういうんなら……」

「そっか」

しぶしぶ、唇を尖らせながらも引き下がってくれたデュポーン。

その顔がただの可愛らしい女の子にしか見えなくて。

なんとなく手が伸びて、彼女の頭をポンポンなでなでした。

「あっ……えへへ……」

思わずやったことだが、デュポーンは嬉しそうにした。

だったらやめる理由もない、と、俺は彼女をなで続けた。

背後にはピュトーン、前にはデュポーン。

一時は険悪っぽい空気になりかけたのが、何事もなく和やかな空気になってくれて、俺はちょっとホッとしたのだった。

☆

リアムは盛大に勘違いしている。

彼はデュポーンとピュトーン、そしてラードーンの諍いを止められて、和やかな空気になったことを喜んだ。

それをちょっとした、日常の幸運だと思っているが……それはとんでもない勘違いだった。

「……」

「スカーレット？」

部屋を訪ねたスカーレットはその光景を見て絶句した。

スカーレットは知っている。

三竜戦争。

人類史上最悪の災害、天変地異級の大災害。

互いに滅ぼそうとしあい、その余波で世界まで滅びかけたことを、スカーレットは知っていた。

だからこそ驚いた。

ラードーンが、デュポーンが、ピュトーンが。

あの三竜が同じ空間で共存している光景が信じられなかった。

「……さすが主様」

それをさせたリアムを、スカーレットは改めてすごいと思い、ますます心酔したのだった。

あとがき

台湾人ラノベ作家の三木なずなです。

この度は拙作『没落予定の貴族だけど、暇だったから魔法を極めてみた』第五巻を手に取っていただきありがとうございます。

皆様のおかげで、第五巻まで刊行することが出来ました。

五巻という数字は、なずなの中では二番目に長いシリーズとなります。

商業作品の続刊というものは、毎回毎回が読者の皆様からいただく信任投票のようなものでございますので、ここまで続けさせてくださった事は嬉しい事ですし、また光栄な事でもあります。

長く続けてこれたこの作品は、いわば皆様から預かった作品でもあると思いますので、今後も期待されている限り書き続けていきたいと思います。

さて、この第五巻の内容ですが、一から四巻までとまったく同じコンセプトです。

こう書くと一見代わり映えのしない内容だと思われるかもしれませんが、以前SNS上で、とある方が某人気映画についてこのような好意的な例え方をしました。

「ラーメン屋に行ったらちゃんとラーメンが出てきた」と。

これが非常に大事なことだとなずなは思っています。

この作品のこれまでの巻を気に入ってくださったからこそこの第五巻を手に取っていただい

たはずですので、であればこの第五巻はしっかりと、今までと同じコンセプトのものを届けるべきだと思います。

ラーメン屋に行って高級フレンチを出されてしまうと「違うそうじゃない」といいたくなるはずなので、なずなはしっかりラーメンを出していきたいと思います。

ですので、今まで読んでいただけた方は安心して第五巻もお買い求めください。

またこの第五巻だけをぱらぱらと読んでみて、気に入ったと思われた方は、今までもまったく同じコンセプトですので、是非とも第一巻から読んでみてください。

皆様に買っていただければまた次の第六巻も出せるようになりますので、何卒よろしくお願いいたします。

最後に謝辞です。

イラスト担当のかぼちゃ様、今回もありがとうございます。表紙の三竜が可愛くてたまらないです。

第五巻を刊行させてくださった担当様、ＴＯブックス様。本当にありがとうございます！

そしてここまで手に取ってくださった皆様に、心から御礼もうし上げます。

ありがとうございます‼

次巻もまた出せる位に売れることを祈りつつ、筆を擱かせていただきます。

二〇二一年五月某日　　なずな　拝

描き下ろし4コマ漫画

漫画：秋咲りお
原作：三木なずな
キャラクター原案：かぼちゃ

モフモフは最強

ふさふさの耳!!
モフモフの尻尾!!
あたしは強い!
〝かわいい〟の間違いでしょ
気付いて自分の魅力に!
モフラーなんかイチコロよ!!
?
?
なんだ!?

腹筋板チョコ!

キレてる
キレてるよー!
ムキ
大胸筋《きん》が歩いてるよー!
グイ
うぬぬぬぬぬ
あたしもガチムキシックスパック目指す!
くわァ
イヤー!!
モフモフのままでいて——!!

小説5巻
発売おめでとう
ございます!!

おまけマンガで 参戦です!
コミカライズ担当の 秋咲りおです。
マンガの方は、 レイナ、クリス、ガイと
いろんな種族が仲間になって にぎやかに
なってきました ^o^ 原作は はや5巻なんですね!
原作の愛読者さまも コミカライズ版を楽しんで
いただけますと うれしいです!

秋咲りお

神秘的なエルフ

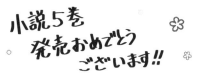

エルフって美人さんばっかだよなー
なんたって尖った耳が神秘的だよ
俗世間とは縁遠い感じだ
そんなことないですよ フフフ
パタン

生八ッ橋
エルフのギャグ!?
ギョーザじゃないのかー

コミックス第16話

漫画：秋咲りお
原作：三木なずな
キャラクター原案：かぼちゃ

どこに行ってたのさ連絡もなしに
すっごい探したんだよ
ム
ス
ごめんごめん
ちょっといろいろと――
ま…無事ならいいや
それよりもリアム
お金をちょーだい
ニ
カ

お金？
ほら私たちがリアムくんに預けてるあれ
ああ！
だいぶ前にスカーレットが俺を口止めしようとして
3000枚のジャミール金貨を送ってきた時のこと
キラ
何このお金!?
この金はラードーンについての口止め料…だと思ってる
だからふたりにも分けなきゃって思って
えーそんなこと言わないよ
それに私たちはリアムくんと契約してるのだから
言うなって言えば従うわ

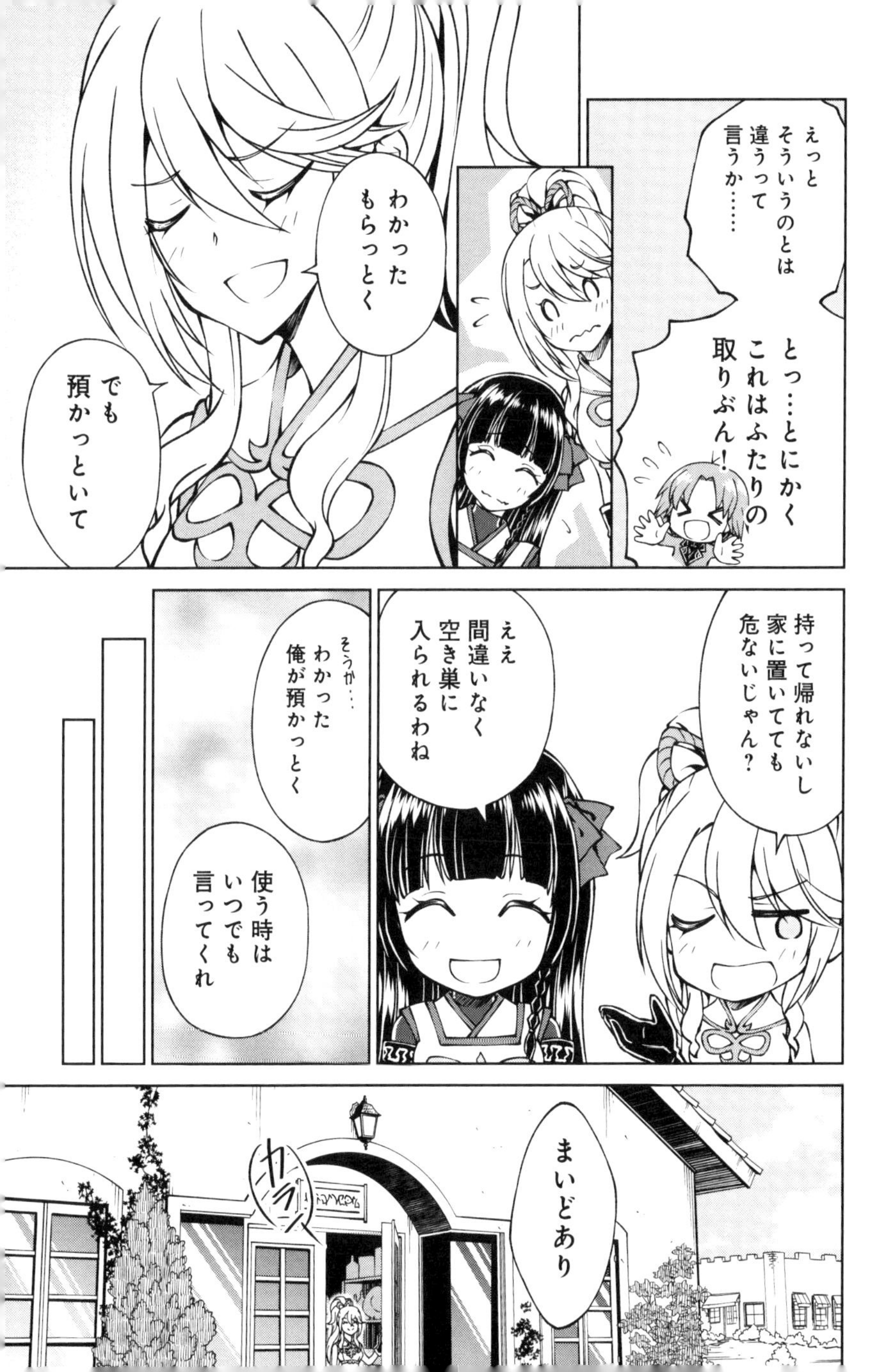
えっと
そういうのとは
違うって
言うか……
とっ…とにかく
これはふたりの
取りぶん！
わかった
もらっとく
でも
預かっといて
持って帰れないし
家に置いてても
危ないじゃん？
ええ
間違いなく
空き巣に
入られるわね
そうか……
わかった
俺が預かっとく
使う時は
いつでも
言ってくれ
カラン
まいどあり

はい
リアム
この街で
持ち主が
いなかった
たった一冊の
魔導書だよ
やっと買えた!!
リアムくん
魔導書
必要でしょ?
そうか……
俺のために
どう?
…うん
初めての
魔法だ

パラ
ふむ
すーーっ
複数同時魔法
全ラインで
練習開始
この魔力の
流れ――
本物の
魔導書だ
ありがとう
ふたりとも
えへへ

俺はふたりに
ラードーンが
封印していた土地――
スカーレットが言う
『約束の地』に行き
そこで新しい国を
作っていることを
話した
はぇぇ……
国かあ
というわけで
ふたりはどうする？
こっちに
来るか？
それとも
街に残って
ハンターを
続ける？
はぁ～～？
何言って
るのさ
行くに
決まってん
じゃん!!
私たちリアムくんの
使い魔だから
どこまでも
ついていくわ

パァァァ
じゃあ
あとで一緒に
行こう
あとで～？
ああ
今魔法の練習を
してるんだ
全ラインで
もうすぐ完全に
マスターするから
そのあとに……
ええっ!?
もうマスター
なの!?
はやっ
よし
発動を感じる
ダストボックス

ヴォン
ヴォン
ヴォン
連続発動!!
これで19回分
もう1回
今ので発動時間が1時間から3分に縮まった
全ラインで魔法開始
ほえ～
3分経過
ヴォン
ヴォン
ヴォン
ダストボックス連続発動!!
これでマスターだ!
はえぇぇぇ
すごいっ
こんな一瞬で魔法を!!

ヴォン
で…これはどういう魔法なの？
アイテムボックスと似てる
ものはいくらでも入る——術者の魔力次第だけど
何が違うのかしら？
お待たせしました
ちょうどいい試してみよう
この料理をダストボックスの中に入れて
一分後
取り出すと
くっさ!!
ゾゾゾ
ごめんごめん
ポイ

とまあ
こんな感じで
入れたものを
早く腐らせて
しまう箱だ
ゴミ箱…
なのね
え—
そういう
ことだ
ねえねえ
使える魔法なの？
キラ
キラ
なんの役に
立つかな…
使い道次第で
そこそこ便利な
ものだと——
パリン
キャッ
大丈夫ですか
お客様
そうか！
ちょっと
待ってて
ダダ
ダダダ

はぁ
はぁ
どうしたの
リアム
いきなり
これ
今ブドウを
搾って作った
100%ブドウ果汁
うん？
ダストボックス
に入れて
待つこと5分
キュポ
この芳醇な
香り――
ワインだわ！
すごい！
一瞬でワインが
できた！
使い道がないと
思っていたが
これなら
話は別だ
酒だけじゃなくて
醤油とか
野菜の漬物とか
発酵するものは
ダストボックスで
短期間に
大量生産できる
かなり使える
魔法じゃないか!!

この1から10のブドウジュースを
10番から1時間おきに中に入れる
『10』の瓶は10時間経過したもの
『9』の瓶は9時間…
最後に『1』の瓶を入れて1時間後に全部取り出す
さて時間で発酵の進み具合がどう変わるか
トク
トク

まずは『1』の瓶
クイ
ふむ
なるほど
『3』の瓶は…
トク
トク
『5』は…
『10』…
この体に移る前は晩酌がささやかな楽しみだったんだ
前世の経験…と言うべきなのかなあ
体は子供だから試飲はここまでにして……
『1』のワインは1年物
『10』のワインは10年物の味とコクがある
つまりダストボックスの中は1時間が約1年分くらいの速さで流れてるんだな
…50年物とか飲んだことないけど
作ってジェイムズにでも味見してもらおうか

ワイ
ワイ
ワイ
ワイ
いろんな酒を造りたくて
村のみんなで果物が多く実るこの森にやってきた
この辺一杯あるよ！
こんな果物初めてみるよ
村に移住してきたアスナとジョディも一緒だ
このままでも美味しそうね

がああああ!!
うぎゃああああ!!
やめろ———っ!!
パワーミサイル17連!!

ドドドド
ムクリ
ダッ
ジロ
待て!
お前は何者だ!!
ダダダダ

ゴン！
ぐったり
しっかりするでござる！
がはあああああ！
どうしたでござる!?
それがしでござるよ！

あがが……
うぐぐがぁあ
ぐい
この様子は……状態異常なのか？
ガッ
どういうことなんだ？
それがしにもわからないでござる

初級神聖魔法・オールクリア
パァァァァァァァ
おお……
スゥー
おおおぉぉ……！
カクッ

すやぁ〜
ペコペコペコ
かたじけないでござる！
どういうことなんだ？
もしかしてバンパイアじゃないのかしら
それはないでござる
そうだよ バンパイアは昼間に動けないんだよ
あいつら日光を浴びたら灰になるんだから
でも――

ドラキュラがいたら？
!!!
そのバンパイアとドラキュラはなんなんだ？
バンパイアはモンスターの一種で
さっき彼らが言ったように昼間は日光を嫌って行動できないの
やっかいなのは噛んだ相手を同じバンパイアにしてしまうこと
『感染』と呼ばれているわ
さっきのゴンみたいになるんだな

本来なら――
一度感染したら
手の施しようが
ないのだけど…
すぴ～
それを治して
しまうなんて……
すごいわ
リアムくん
脈は
正常ね…
それで
ドラキュラは
数百年に一度しか
生まれない
バンパイアの変異種
ドラキュラがいると
バンパイアは
その力に統率されて
強くなって――

日光に弱いという
弱点がなくなるの
ゾクッ
やっかいな
奴が
現われたな
大変だ——!!

ダダ
ダダッ
いっ
いました…!!
大変なことになってます
バンパイアが北に10キロあたりで集まってました
数は少なく見積もっても一万を超えてます
一万……だと!?
ザワ

©三木なずな・TOブックス／没落貴族製作委員会
没落予定の貴族だけど、
暇だったから魔法を極めてみた
2025年1月6日から
テレ東・BSフジほかにて
TVアニメ放送開始!

広がる
コミックス 第四部
貴族院の図書館を救いたい! Ⅸ
漫画:勝木光
2024年
12/14
発売!
新刊、続々発売決定!
2025年
2/15
発売!
第二部
本のためなら巫女になる! Ⅻ
漫画:鈴華
※2-11表紙

没落予定の貴族だけど、暇だったから魔法を極めてみた５

2021年　8月1日　第1刷発行
2024年12月5日　第2刷発行

著　者　三木なずな

発行者　本田武市

発行所　TOブックス
〒150-0002
東京都渋谷区渋谷三丁目1番1号　PMO渋谷Ⅱ　11階
TEL 0120-933-772（営業フリーダイヤル）
FAX 050-3156-0508

印刷・製本　中央精版印刷株式会社

ISBN978-4-86699-274-7